原発サイバートラップ

リアンクール・ランデブー

一田和樹 Ichida Kazuki

原書房

原発サイバートラップ

リアンクール・ランデブー

目次

主要登場人物

草波勝《くさなみまさる》……24歳。防衛大学校出身。現在はWEB制作会社勤務。村中放哉の教え子。
村中放哉《むらなかほうさい》……58歳。防衛大学校教授。
ブライアン・ゲリー……32歳。ブラックゲーム社のアジア担当マネージャー。
辻伸弘《つじのぶひろ》……37歳。サイバーセキュリティ専門家。
内山千夏子《うちやまちかこ》……41歳。システムエンジニア。
黒木総司《くろきそうじ》……47歳。総合商社、極日《きょくじつ》のセールスマネージャー。
吉沢保《よしざわたもつ》……34歳。元警察庁キャリア。インターネット安全安心協会理事。
加賀不二子《かがふじこ》……26歳。システム会社社員。
ピョン・ジンス……49歳。第二古里原子力発電所の作業員。

プロローグ

目覚めると、ひどく寝汗をかいていた。悪い夢を見たような気がするが、覚えていない。倦怠感《けんたいかん》が全身を覆っているが、出社して仕事をしなければ納期に間に合わない。カーテンの隙間から差し込む朝陽が出社時刻が迫っていることを告げている。草波勝《くさなみまさる》はベッドから抜け出すと、大きく伸びをして着替え始めた。

その時、玄関の扉がノックされた。このマンションはオートロックで、さらにインターホンもついている。昨日も宅配便がインターホンを押したばかりだから、壊れてはいないだろう。勝手にオートロックを開けて入り込み、ノックするような相手には用心が必要だ。うかつにのぞき穴に目を近づけると、レンズがはずされていてそこから細長い針で目を突かれたり、撃たれたりする危険がある。

——ただのWEB開発屋にそんなことするヤツはいないだろうけどな。

自嘲しながらも、念のためにインターホンとは別に自分でつけた隠しカメラで玄関の様子を確認する。スーツを着たふたり組が立っているのが見えた。がっしりした身体から異様な雰囲気が漂っている。もしかして自衛官かもしれない。

草波は防衛大学校を卒業したものの自衛隊に入隊せず、民間のシステム会社に就職した。しかし卒業してすでに二年、なぜ今さら訪ねてきたのか心当たりがない。なにかしでかしたのかと不安がよぎるが、いくら考えても自衛官の訪問を受けるような覚えはない。カメラに気づいたひとりが掲げた身分証を見て血の気が引いた。

――こいつら特殊作戦群だ。

特殊作戦群は陸上自衛隊中央即応集団に属する特殊部隊だ。通称エスと呼ばれる。アメリカ軍のグリーンベレーやデルタフォースの日本版で、対テロ戦や情報戦など秘密作戦に従事しているといわれるが実態は不明だ。それがなぜ自分のところに来たのか？　思いあたることはない。

ノックの音はまだ続いている。近所迷惑になるな、とぼんやり思い、居留守を使って、防衛大学校の時の知り合いに連絡してみるべきかと携帯を手に取った。

その時、「草波さん、ご在宅なのはわかっています」と声がした。なんの感情もない淡々としたよく通る声だ。草波は諦めて玄関の扉を開けることにした。もし相手の声にいらだちを感じたら居留守を決め込んで電話するつもりだった。感情を抑制している相手は怖い。

扉を開けると、カメラで見た通りの鍛え上げられた体つきのふたりが立っていた。見ただけで相当の訓練を積んできたことがうかがえる。ふたりの挙動には一抹の迷いも不安も感じられない。必要と判断すれば自分を殺すことにも躊躇しないだろう。

「同行をお願いします」

自己紹介もなしでいきなりかよ、と草波は苦笑した。就職し、晴れて社会人になって以降、こういう人種に会ったことはない。歩く暴力装置だ。

「どなたさまで、なんの用です？　私は民間人で、これから仕事に行かないといけないんですけど」

　民間人という言葉に力を込めたが、相手は意に介する様子はない。

「所属の会社には連絡済みです。あなたには陸上自衛隊の作戦指揮下に入っていただきます」

　陸上自衛隊の作戦指揮下と聞いて、胃の底が重くなった。なにかとんでもないことが起きているに違いない。

「は？　そんな勝手なことできるわけないだろ。民間人だって言ってるだろ」

　一瞬、どのような態度を取るべきか迷ったが、怒ったふりをすることにした。今は完全な民間人に過ぎない自分を強制的に連行できないはずだ。

「同行していただきます」

　しかし相手は全くぶれない。

「断ったら？」

「その選択肢はありません」

　抑揚のない、有無を言わさないセリフに、草波は諦めた。さからっても無駄だ。強引に連れ出される。民間人を有無を言わさず拉致するなんて正気の沙汰ではないが、それだけの事情があるのだろう。なにかの行き違いだと思うが、誤解されたまま殺されるかもしれない、という思いが頭をよぎる。

数分の猶予《ゆうよ》をもらって急いで着替えた。その間、ふたり組は部屋の中で草波を待っていた。

着替え終わった草波は、そのまま外へと連れ出され、車に押し込められた。行き先はもちろん、なにを尋ねても答えてくれない。

高速に乗ったところで、突然携帯電話を手渡された。すでに通話中になっており、そこに表示されていた名前には見覚えがあった。あわてて電話に出る。

「先生ですか！　いったいどういうことなんです？」

通話の相手は草波の防衛大学校時代の恩師、村中放哉《むらなかほうさい》教授だった。

「申し訳ない。まだ情報は伏せられているが、韓国の第二古里《コリ》原子力発電所が正体不明のサイバーテロリストに占拠された。これだけ言えば君にはわかるだろう。くわしいことは、後で説明する」

村中はのっけから、とんでもないことを言い出した。寒気がして手足が震える。

「ウソでしょ？」

叫んだつもりだったが、かすれた細い声しか出なかった。

「残念ながら本当だ。今の君の立場では作戦司令室には入れない。僕と一緒に通信で会議に参加してくれ」

つまり横須賀の防衛大学校に来いと言っているのだ。

「市ヶ谷からヘリでお送りします」

会話の内容を察したのか、ひとりが答えた。

第二古里原子力発電所は韓国の南東部に位置する。朝鮮半島の日本海側と言った方がわかりやすいかもしれない。一昨年、完成したばかりの新しい施設だ。

多くの日本人に知られていないことだが、韓国の原発はそのほとんどが朝鮮半島の日本海側の沿岸に建設されており、そこで重篤《じゅうとく》な事故が発生した場合は、日本海が汚染されることはもちろん、爆発などで上空に噴き上げられた放射性物質が偏西風に乗って日本列島に降り注ぐことになる。第二古里原子力発電所から福岡までの距離はおよそ二〇〇キロ。福島第一原子力発電所から東京までの距離とさほど違いはない。しかも常に偏西風が日本に向けて吹いている。第二古里で事故が起きれば日本国内で起きた原発事故よりも被害が大きく致命的になる可能性がある。

正体不明のサイバーテロリストにそこが占拠されたということは、日本にとってもっともやっかいな事態であることは明らかだ。

自分が呼び出された理由もわかった。草波は防衛大学校在学中に、この可能性をシナリオにして論文を起こしたことがある。その際に、日本は全く手出しできないどころか、対処方法を考えることすら許されないことがわかった。対処方法を考えることは、すなわち韓国の国内問題への干渉、介入方法を検討することであり、内政干渉はおろか下手をすると先制攻撃の可能性まで疑われてしまいかねない。日本に深刻な危険をもたらすことがわかっていても公然とは研究も発言もできないのだ。その一方で民間人が勝手に研究するなら、それはいいのだと言われた。日本を守る自衛官という立場では無理というのがどうしても納得できなかった。

　まさか本当にやるヤツが現れるとは思わなかった。草波は全身の震えを止められずにいた。これから起こることへの不安と同時に妙な高揚感を感じる。不謹慎だが、テログループがどのようにして占拠し、これからなにを企んでいるのか気になる。

「たった今報道管制は意味がなくなった。そこでテレビかネットを見られるかね？　テロリストが犯行声明をネットで放送するそうだ。リアンクール・オペレーションと名乗っている」

　村中の口からリアンクールという言葉が出た時、全身に鳥肌が立った。

　日本の歴史が変わるかもしれない。

＊　＊　＊

　アメリカ、カリフォルニア州サンフランシスコ。ガラス張りの明るいオフィスは業務内容にそぐわない。暦で言えば日曜日のはずだが、ここには曜日という概念がない。パーティションで区切られた半個室のようなワークスペースでそれぞれが忙しく立ち働いている。その中にいくつかガラス張りの大きな個室がある。各部署のマネージャーの部屋だ。いささか派手とも思える赤と黒の内装は成功者のシンボルなのだろう。見るからにやり手という長身の白人が、その豪華なマネージャーの部屋でメールをながめていると、スマホが震えた。

　男の名前は、ブライアン・ゲリー、新興サイバー軍需企業ブラックゲーム社のセールスマネージャーだ。短い金髪に青い瞳、精悍《せいかん》な顔。胡散臭さや、危険さは微塵も感じさせない。『死の商人』の営業マンとは思えない。

スマホを手に取ると、上司からのメッセージだった。

――すぐに日本に飛んでくれ。日本の代理店を通じて関係者と会えるようにアレンジしてある。

どういうことだ？　自分は明後日から中東に行くはずだった。

オフィスに西海岸の陽光が差し込む。ブライアンは目を細めて窓の外のビル群をながめた。

――ずいぶん急ですね。中東に行くはずだったんじゃ？

――キャンセルしろ。それどころじゃない。お前の尻より固い日本のマーケットの入り口をこじ開ける絶好のチャンスだ。リアンクール・オペレーションを知らないのか？

サイバーセキュリティ後進国にして最大の潜在市場のひとつである、日本でとんでもないことが起きているようだ。椅子から立ち上がり、窓際まで歩く。なにかに急かされるように落ち着きがなくなるのが自分でもわかる。

——なんです？

——その調子じゃ、リアンクールがなにかも知らないんだな。

——知りませんよ。どこのリゾート地です？　それとも大量破壊兵器の名前ですか？

——地名だ。独立国になるかもしれない。君ならきっと大歓迎してもらえるよ。詳細は後で話す。世界中が日本と韓国に注目している。同業者が殺到するぞ。負けるな。絶対勝って注文を取ってこい！

わけがわからないが、相手の興奮は文字を通しても充分伝わってくる。おそらくは韓国と日本をターゲットにした大規模なサイバーテロが行われるのだろう。いち早く日本に飛んで、情報提供を申し入れれば食い込める可能性は少なくない。身体中にどくどくと血が駆け巡る。

アメリカのオバマ大統領は、サイバー空間を第五の戦場と呼んだ。また今からおよそ五〇年前、アイゼンハワー大統領は、軍産複合体（military-industrial complex）が影響力を増し、制御できない状態になりつつあることを警告した。そして現在、アメリカで軍ネット複合体（military-internet complex）が影響力を増しつつある。軍産複合体がそうであったように、軍ネット複合体も政府の莫大な予算を獲得し、ひたすら拡大している。

軍産複合体と軍ネット複合体にはいくつか明確な違いがある。かつての軍産複合体は、政府の莫大な予算を吸い上げ、世界を戦場にして膨張したが、軍ネット複合体は政府だけではなく、警察、ＩＴ産業、金融産業、医療産業を顧客として拡大しようとしている。近年のサイバーテロやサイバー戦においては民間企業もターゲットになる。個人に正当防衛、国家に自衛権があるように企業にも自衛権があるから武装すべきという発想だ。

もちろん、民間企業が勝手に戦争を始めることは法律で認められていないが、軍ネット複合体はさかんにロビー活動を行い、可能にしようとしている。そうなれば、国家も企業もサイバー戦の渦中に飲み込まれる。

サイバー軍需企業から見れば日本は未開拓の市場だ。今回の騒動が発端となって一気に市場が開かれる可能性は少なくない。この事件は国家と企業の存亡に関わる大事件で、しかも日本に存在するどの機関もこれに対処することはできない。ブライアンはその売り込みの先兵に選ばれた。


——すぐに行きたいところですが、今日のフライトはとれません。明日のフライトになりますね。

ブライアンは手にしたスマホでフライトスケジュールを確認しながら答える。

——バカ！　空港にプライベートジェットを待たせてある。すぐに行け。

——自分以外に誰か行くんですか？

——お前だけだ！　とにかく行け！　空港から無理矢理フライトのＯＫをとりつけたんだぞ。今から六時間後には東京だ。

プライベートジェット？　役員と一緒の時には乗ったことがあるが、自分ひとりで、しかも太平洋をわたる長距離。ぞくりとした。なにが起きているんだ？

——……ひとつだけ教えてください。通常兵器による戦争ですか？

戦争間際や交戦中の国には何度も行ったことがあるが、戦場そのものに足を踏み入れたことはない。できれば死ぬまで行きたくない。麻薬の売人がドラッグに手を出したら終わりのように、死の商人は戦場には行かない。空調の効いた部屋でシャンパン片手に戦場のライブ中継を観るだけだ。

——違う。この世でもっとも狡賢《ずるがしこ》くダーティーなテロだ。日本も韓国もその危険性を承知しながら放置してたんだ。やられて当然とも言える。

いったいなにが起きているんだとブライアンは食いつきたい気持ちを抑えた。いやでもすぐに知ることになる。

――正直なところ、どれくらい危険なんです？

――おそらく気にするほどの危険はない。少なくとも韓国と日本政府はそう発表するだろう。それに致命的なことが起きる前に事態は収拾されるだろうし、万が一ダーティボムが爆発したとしてもすぐに人体に明らかな害を及ぼすことはない。

ダーティボムは放射性物質をばらまく爆弾だ。そんなものが爆発するというのか？

――がんで死にたくはないですね。危険を察知したら自己判断で戻ります。それでいいですね。

――いいよ。健康だけでなく自分のキャリアのことも忘れずにな。貧乏で長生きするのはつらいぞ。

全くその通りだ。貧乏で長生きするくらいなら、短く楽しく生きた方がずっといい。

ふと気がつくと、秘書がスーツケースを持って傍らに立っていた。上司の差し金に違いない。

もう旅の準備はできている。ブライアンは家に戻らず、空港へ直行することにした。

＊　＊　＊

東京都東新宿の新宿イーストサイド・スクエアビルのオフィスの片隅で、くせっ毛の青年が画面に張り付いていた。社会人にしては童顔だが、キーを打つ速度と流れるコードがただ者ではないことを示している。

いかにもIT企業然とした仕切られた、ゆとりあるワークスペースだ。同じようなワークスペースがフロアいっぱいに広がっている。日本最大級の通信サービス企業のインターネットサービスを受け持っている部署がここにある。

「そういえば、同じ会社の人にまた、いらっしゃいませって言われちゃいましたよ」

子供っぽい笑顔を浮かべて同僚に話しかける。

「入社して以来、出張ばかりでここの人間とほとんど顔を合わせてないからなあ」

間仕切りで仕切られているから顔は見えないが、隣席の早川から声が返ってきた。辻伸弘《つじのぶひろ》はこの会社でサイバーセキュリティのリサーチャー兼エバンジェリストとして各地で講演や教育活動を行っている。そのために一年前に転職してきたものの、席が温まる間がない。

「だってもう一年経つんですよ。あ、あれ？」

辻は珍しい相手からのテキストメッセージに思わず目を見張った。以前、彼がアノニミティを調査していた時に知り合ったアメリカのアノニミティのメンバーだ。アノニミティは、ネット上に自然発生的にできた自由と人権を尊重するグループだ。政府による言論弾圧や企業の社会的責任をネット上で批判し、時にはハッキングなどの行為におよぶこともある。そのためハッカー集団あるいはハクティビスト（ハッカーとアクティビスト＝活動家の合成語）集団と称されることが多いが、現実にはハッキング行為を伴わない社会活動も行っている。

――寝てる場合じゃない。起きろ。ゲームの時間だ。

突然の呼びかけにしては、ずいぶんと乱暴だ。

――なんのこと？　僕は仕事中だよ。

辻はアメリカの時間を確認した。夜だ。

――ああ、そっちは昼間だっけ？

――午前中だよ。なにかあった？

――日本人だよな。なんで知らないんだ？　日本人じゃないなら無視してくれていい。

――日本人だよ。なんの話？

――リアンクール・オペレーションのこと。

頭の中に最近のいくつかのオペレーションが浮かんできたが、リアンクールというのは聞いたことがない。耳障りのよい言葉なのになぜか嫌な予感がした。

——知らないけど。

——オレはお前の仕事を知ってるから言うんだけど、すぐに今の仕事を放り出して、こっちに参加しろ。ヒーローになれる。ていうかヒーローがいないと日本は終わる。

向こうの連中のノリは軽い。そんな簡単に仕事を放り出せるわけがない。

——サイバーテロの計画？　君たちが仕掛けるんじゃないよね。どこが？　なんのために？

掌に汗がにじんだ。確度の高い情報ならしかるべき機関に通報しなければならない。もっともなにを持って確度が高いと言えるのか難しいのではあるが。

——計画じゃない。すでに連中は原子力発電所を占拠して、放射性廃棄物をサイバー兵器化した。連中の正体も狙いもわからないけど、次の段階に移ればきっとなにか要求をだしてくる。

原発ジャック？　辻の背中に冷たい汗が流れた。冗談じゃないかと思うが、こんなことで冗談を言う連中ではないことはわかっている。

――そんなニュースないぞ。

――報道管制が敷かれてるんだろう。世界中のどこでもニュースになっていない。韓国警察のメンバーがこっそりリークしてくれたんだ。

――待って！　韓国？　日本じゃないのか？

――ジャックされたのは韓国の原発。狙われているのは日本と韓国の両方だ。韓国の原発でなにか起これば日本に甚大な被害が発生するからね。

――放射性廃棄物の武器化って？

――いわゆるダーティボム。使用済み核燃料を撒きちらすっていう、救いようのない最低の兵器を連中は作り終えた。

――その兵器のターゲットが日本と韓国なのか？

――わからないけど、おそらくそうだろう。韓国だけを狙ったわけじゃなさそうだ。

――ほんとに、ほんと？　間違いないのか？

――そうだ。ヒーローになる決心はついたか？　日本の参加者が足りないんだ。

躊躇する時間はなさそうだった。そもそも自分はアノニミティのメンバーというわけではないのだが、そんなことを言っていられる状況ではなさそうだった。

――メンバーとしての参加はできないけど、日本語から英文への翻訳や日本の状況についての情報提供くらいはできる。

――それでも助かる。

辻は、上司になんと説明すればよいのだろうと考えながら答えた。サイバーテロが起こるから、それに備えたオペレーション追跡したいとそのまま素直に言ってもいいのだが、ひとつ間違うと荒唐無稽《こうとうむけい》な笑い話にされてしまう。現実の物理的なテロだったら、間違いなくそうなる。

「未知のテロリスト集団が霞が関を狙っています。有志の義勇兵が対抗すべく結集しているので追跡していいですか？」

冗談にしか聞こえない。だが、サイバー空間では起こりうることなのだ。現に今起きている。

――数日間で全ては決着する。テロリストたちはもうすぐ犯行声明を発表するはずだから、僕らはそれを踏まえた上で一時間後に声明を出す。卑劣なテロ行為は許せないから可能な限りの方法で阻止するってね。ほんとにそうできればいいんだけどさ。

――敵のスケジュールまでわかってるのか……内通者がいるってこと？

――それは言えない。さあ、時間がない。リアンクール・ランデブーに出かけよう。

――もしかして、それがこっちのオペレーションの名前？

――そうだよ。リアンクール・ランデブー。響きがロマンチックだろう？　薄汚いテロリストをネットから追い出すんだ。


チャットを終えた辻は、とたんにリアルに引き戻された。チャットしている間は、緊張と高揚と不安に包まれていたが、それがすっと引いた。静かな日本のオフィスをながめると、この当たり前の世界で核テロが起きているなんてことは信じられなくなる。

犯行声明はもうすぐ出るというから、まずは上司に報告し、そのうえでオペレーションを追跡する許可をもらう。断られたら無理矢理有給をもらって追跡する。

席から立ち上がり、頭の中で上司への説明を考えながら歩き出した。

「ヒーローになるとか、これって死亡フラグだよな」

そうつぶやいて苦笑した。それから、ふとリアンクールとはどういう意味なのだろうとスマホで検索し、血の気が引いた。

第1章

09:15

ドローン

テロリストによる放送が始まった。インターネットを通じて、世界中に配信される。日本語、韓国語、英語、中国語、スペイン語の音声だ。音声だけは事前に用意されていたようだ。黒い背景にＬＯの文字が浮かんでいるだけの映像。なにかの略語なのだろう。

――我々はリアンクール・オペレーション。七時間前に韓国第二古里原子力発電所を占拠し、使用済み核燃料を武器化した。現在、韓国第二古里原子力発電所の上空に一〇〇基の気球が浮かんでいる。それぞれに放射性廃棄物を抱えたドローンがついており、これが気球を動かしている。ドローンが爆発した場合、韓国と日本に放射性廃棄物が降り注ぐことになる。

草波は揺れるヘリの中で呆然として声明に聞き入っていた。第二古里原発をジャックするのは自分のシナリオと同じだが、使用済み核燃料を気球で吊り上げるとは大胆すぎる。そもそもそんなことが可能なのだろうか。

――我らの要求は、リアンクールの独立。リアルに縛られないネット国家を彼の地に築く。

我々はどこの国や組織とも無関係のネットの自由を尊重する有志の集団だ。

リアンクールとは、日本でいう竹島《たけしま》、韓国でいう独島《ドクト》の別称だ。竹島と言えば日本寄り、独島と言えば韓国寄りになるが、リアンクールは中立的な表記として用いられている。現在は韓国武装警官と韓国軍が駐屯しており、日本は不法占拠として抗議している。

草波は混乱した。第二古里をサイバー攻撃し、ドローンで放射性廃棄物を武器化して脅すというのは凶悪だが理にかなっている。事件発生からこれまでにかかった時間を考えても、相当練り上げられた計画に間違いない。自分が以前書いた論文でも、ほぼ同じような形でのテロの危険性を指摘していた。

だが、リアンクールの独立とはわけがわからない。そんなことができるわけがない。脅して一時的に自治を獲得したとしても国家としてやっていけるような基盤はあそこにはない。食料、水、エネルギー、軍備、全てが独立国家としてやっていくには厳しすぎる。無理矢理独立国を作るメリットがない。いや、そもそもあの島を占拠し、維持できるだけの人数がいるのか。

――韓国政府および日本政府に対して次の項目を要求する。リアンクール独立の承認と相互不可侵条約の締結。リアンクールに駐屯している韓国武装警察と韓国軍の撤退。

新しく樹立されるリアンクール共和国では、年間百万円以上を納税もしくは寄付することを約束する者に市民権を付与する。税金は収入によってではなく、国から得たい権益によって決まる。我が国は百万円以上の価値ある国民サービスを提供する。法人税はなし。ネットの自由は最大限保証される。自分の国では規制されているコンテンツを我が国に設置したサーバーから配信することも可能だ。詳細はサイトをご覧いただきたい。サイトでは、すでに市民権の受付を開始している。


ネットの自由は最大限保証で法人税無税？　うしろにいるのはどこの国だ？　声明の通りに完全に独立した組織なのか？　どこが仕掛けたにしても、失敗のリスクが大きすぎる。このタイミングでリアンクールを独立させるメリットはなんだ？　なぜ国連でなく韓国と日本に独立の承認を求めるのだろう？

それにしても、これだけのことをやってのける組織がいままでよくマークされていなかったものだと感心しかけて気がついた。韓国の原発の情報は過去に何度もリークされており、管理態勢の甘さは明らかだ。おそらくシステムや管理体系に関する情報の入手は難しくなかったのだろう。今回のオペレーションでもっとも難しいのはドローンを使って気球に使用済み核燃料を積み込むところだが、いったいどうやったのだろう？　使用済み核燃料といったって、保管プールに沈んでいるのを取り出してそのまま吊り上げることはできない。専用の容器にいれなければ運搬できない。それを運べるドローンと気球をテロリストは用意できたのか？

草波は、第二古里上空の風景が映し出された時、くぐもった叫びをあげた。紺碧の空に無数のカラフルな気球が浮かんでいた。十や二十ではない。テロリストの言う通り百あるのだろう。比較するものがないのでよくわからないが、あまり大きくない。とにかくテロリストたちは最大の難関をクリアして、朝鮮半島上空に使用済み核燃料を載せた汚い爆弾、ダーティボムを吊り上げたのだ。


――第二古里上空の気球ドローンは、これから言う条件のいずれかが満たされた時に爆発し、格納している使用済み核燃料を撒きちらす。今から四十八時間経過した時、高度一万メートルに達した時、高度が三百メートルを下回った時、自爆命令を受信した時、インターネットとの接続が一定時間以上失われた時の五つだ。リアンクール独立の承認と相互不可侵条約の締結およびリアンクールに駐屯している韓国武装警察と韓国軍の撤退が行われた場合のみ爆破は回避される。

なお、第二古里上空に待機する十基をのぞいた残りの九十基の気球はパスワードなしでインターネットからログインできる状態になっており、ドローンに命令を送って好きな航路を命じることも可能だ。アクセスは匿名ネット経由のみ可能。我らの同志に利用してもらうためのオープン兵器だ。攻撃したい場所に気球を移動させて爆破すればいい。このURLにドローンにアクセスするための方法とコマンド一覧を記載した。ドローンにログインしたら、まずパスワードを設定して自分だけのものとすることをお勧めする。

なんだって？　世界中がそう叫んだだろう。使用済み核燃料を積んだ自爆ドローンの制御を解放する？　ネットを通じて誰でも操縦できる？　そのうえ、匿名ネット経由ならアクセス元を逆探知されることがない。

草波は呆然とした。こんなことは自分のシナリオにはなかった。バカな。テロリストを量産してどうしようと言うんだ⁉　二十四時間以内に到達できる地域を、ざっと頭の中で計算すると、韓国、北朝鮮、日本、モンゴル、中国、ロシア、東南アジア各国だ。四十八時間あれば中東に達するかもしれない。

抜けるような青空を漂う気球の群れは恐ろしく幻想的だった。

＊　＊　＊

辻が上司から許可を得た直後に声明が発表された。緊急事態ということで、職場でそのままオペレーションの追跡が許された。

アノニミティのリアンクール・ランデブーメンバーにひとり十基ずつドローンを割り当てられ、制御を奪うために動き出した。否応《いやおう》なく辻はネットから離れられなくなる。

――ひとつもとれなかった。
――こっちもだ。
――いや、オレは取ったぞ。

ツイッターを見ると、ドローンの制御を奪ったと宣言した者のツイートが次から次へとリツイートされている。アノニミティのメンバーもいるようだ。どうやらいくつか確保できたようだ。ドローンのシステムを解析すれば、ハッキングして安全に地上に着地させられるかもしれない。その方法を公開すれば他の気球も同様に安全に処理できる。一縷《いちる》の望みが生まれた。

アノニミティが使用済み核燃料の気球を数基手に入れたことがわかれば騒ぎになるかもしれないという懸念がちらりと頭をかすめた。それはすぐに現実のものになった。目の前で次々とアノニミティメンバーが気球の制御を手にしたツイートがリツイートされていく。最初に見た時は、数人しかリツイートしていなかったのに、あっという間に千人を超えている。おそらくすぐに数万人がリツイートし、一部のマスコミに取り上げられるだろう。

――リアンクール・ランデブーでアノニミティメンバーが制御を奪った気球を整理して発表します。それまで各人はあまり派手に騒がないでほしい。テロリストの仲間と誤解される危険がある。それに、これは立派な兵器だ。持つだけでも違法に当たる可能性も高い。

ハッキングして制御を奪うのも、「持つ」ということになるんだろうか？　辻はふと疑問に思ったが、深く考える余裕はなかった。

——日本語の声明文をチェックしてくれる？

——いいよ。送って。

すぐにデータが送られてきた。だが、中身は通信ログだ。

——どう見ても声明文じゃないんだけど。

——オペレーション参加者全員で共有してるんだ。気球との通信ログ。それを解析して相手のシステムを特定する。

——声明文とシステムの特定、どっちを優先する？

——君には声明文を優先してほしい。今度こそ英文のオリジナル声明文を送る。

すぐに英文の声明文が届いた。読みながら、辻は少し危惧を覚えた。アノニミティが気球を手に入れたことが、世間の不安を煽ることにならないようにしなければならない。ツイッターで報告したのはあまりよくなかった。

——あのさ。韓国のメンバーからこれは日本政府もしくは右翼組織が仕掛けてるんじゃないかって意見が出てるんだけど。なにか反論ある?

オペレーションメンバーの誰かがメッセージを送ってきた。

——ああ、やっぱりそう考えるか。日本政府はそういう諜報活動はしないし、できないと思う。今は疑うより協力しないと事態を解決できない。

辻はため息をついた。テロリストがリアンクールつまり竹島からの韓国武装警察と韓国軍の撤退を要求してきた時、日本側が仕掛けた可能性を疑われることには気づいていた。竹島を奪い返すための大規模な茶番だ。

——協力? 内政干渉だ。今のところ、これは韓国国内のテロ事件だ。少なくとも韓国の国民はそう考える。

突然、見知らぬ人物が割り込んできた。

——韓国政府はこの件で日本政府の協力を仰がないと決定した。さっき国務会議の決定がニュースで流れたぞ。日本ではニュースになってないのか？　日本の軍隊がやってくることへの抵抗が大きいんだ。下手に日本と協力なんかしたら国民の反発を招いて政権が倒れる。

——誰？

——ジャックだ。韓国から参加している。韓国内はこの事件で日本に対する警戒心が高まっている。独島は韓国の領土であり、それはゆるがないということだ。韓国で育った人間はそれが当たり前と教えられている。君たち日本人にたとえるなら、四国が韓国の領土だと言われるようなものだ。独島が日本の領土だと言われるのは、それほど驚くべきことなんだ。念のために言っておくと僕自身は中立だ。

——領土問題には立ち入りたくない。政治の話は得意じゃないんだ。

辻はジャックに自己紹介しながら、想像以上に面倒なオペレーションになるかもしれないと思った。この事件がきっかけで、日本が長い間、放置していた近隣諸国とのさまざまな遺恨《いこん》が掘り返されかねない。あの気球は中国や東南アジアにも飛んで行くかもしれないのだ。対韓国に限っていえばリアンクールを持ち出された時点で、動きがとりにくくなる。極東に仕掛けられた放射能のサイバーパズル。解けなければ日本が終わる。それにしても犯人の目的は本当にリアンクール共和国の独立なのだろうか？

――それともうひとつ。日本は韓国を何度か占領したことがあるが、韓国は日本を占領したこともないし、支配を目的とした攻撃を行ったこともない。このことを頭の隅に置いてほしい。我々はまた日本が攻撃してくるんじゃないかという不安を常に持っている。言い方は悪いが被害者意識があるんだ。

――わかった。

それ以上、なにも言えなかった。普段は自分の国の過去など意識していない。サイバー空間ならなおさらだ。こんな形で目の前に突きつけられるとは思わなかった。

＊　＊　＊

犯行声明の放送が終わる頃、草波は横須賀の防衛大学校に着いた。広大な敷地に鉄筋の学舎が立ち並び、その隙間に戦車、戦闘機などが置かれている。現役を引退した実物だ。

ヘリは敷地のはずれにある花立《はなだて》訓練場に着陸した。村中教授は、わざわざ出迎えにきてくれていた。卒業してから三年経つが全く変わっていない。少し白髪が増えたくらいだ。小柄な痩身の体軀《たいく》に温和な笑顔。一見すると大企業の総務部長あたりのように見える。日本有数のサイバーセキュリティ専門家には思えない。

「久しぶりだね」

近づいてきた村中がヘリのローターの音に負けないように大きな声を出した。草波は、ごぶさたしてます、と言おうとして喉が詰まった。村中の顔を見るまで全く意識していなかったが、自分はここが好きなのだ。嫌なこともたくさんあったが、ここで過ごした日々を忘れることはできない。特に村中は実の父親以上に大切な存在だ。

「……まさか、こんな形で戻ってくるとは思いませんでした」

やっと声が出た時にはローターは止まり、村中は目の前まで来ていた。草波と視線を交わし、無言でうなずく。

「さっそくだが、急いでほしい」

村中はすたすたと歩き出した。草波は無言で後に続く。村中は早足で図書館に向かった。図書館と同じ建て屋に計算機室が設置されており、その隣に通信会議室がある。おそらくそこにいくのだろうと草波は察した。

日本はサイバーでは遅れをとっている。独自通信網はいまだにマイクロ波を使っているためにに容量は少なく、日本海側を網羅できていないから民間業者の力を借りている。そもそもサイバー空間で日本国民の生活を守る力のある組織がないという致命的な問題がある。

ことサイバーに関しては、ぼやきの連続だった。完全にサイバー戦争に乗り遅れた、という忸怩たる思いが草波にはある。日本がのろのろしている間に、諸外国はサイバー戦の準備を整え、ひそかに攻撃を始めている。自衛隊にいても国は守れない。

今起こっていることが証左だ。韓国原発を盾にして日本を恐喝しているテロリストを指をくわえて見ていることしかできない。このままではアメリカの出方を待って、アメリカのサイバー軍需企業の製品やサービスを導入することになるのは火を見るより明らかだ。

二十人は入る通信会議室に、たったふたり。中央の巨大なドーナッツ型のテーブルに隣り合わせに座った。妙に落ち着かない。村中が今回の事態をどう考えているのか知りたいが、質問するきっかけがつかめない。

「積もる話は後にして、まずはすることがある」

村中がテーブルの一部を開くと、ディスプレイがせり上がってきた。

「日本政府が記者会見するそうだ」

草波は日本政府がどのような反応を示すか興味はあったが、予想できるものでしかないだろうとも考えていた。

「いろいろ言うんでしょうけど、結局韓国から協力要請があるまでなにもできないって話でしょう。それ以外言えない」

「まあ、そうだね。これはあくまでも韓国国内のテロ事件だ。君がかつて論文に書いた通り、この手の事件は我が国のアキレス腱だ。目の前に迫った危機があるのになにもできない」

村中は答えながら、ＮＨＫにチャンネルを合わせる。すでに臨時放送が始まっていた。さきほど見た第二古里上空の気球の群れを背景に興奮したアナウンサーがしゃべっていた。

「共同作戦は無理ですよね」

単純に考えれば日本と韓国に危険の及ぶテロ行為だし、日本と韓国が脅かされているのだから共同で解決に当たった方がよい。さらに軍事面で日本と韓国を支えているアメリカも参加した方がいい。しかし、現実はそうはいかない。

「米軍が指揮を執るなら可能性はあるけど、それは韓国も中国も認めないだろう。共同作戦は無理だね。そもそも提案すらできない」

村中は目を画面に向けたまま淡々と答えた。誰もがぶつかる矛盾。答えはいつも決まっている。これは韓国の国内問題なのだ。手をこまねいてみていることしかできない。

「でも、テロリストの要求ものめないですよね」

「もちろんだよ。テロリストと交渉しようという話になっても、まずこっちと韓国の間で調整がつかない。おそらく韓国は勝手に進めてるだろう。勝手に、という言い方はよくないな。あくまで向こうの国内の話なんだから」

「被害の想定は？」

「算出中だが、ダーティボムの場合、なんとでも言えるからね。風評被害を食い止めるためにかなり抑えた表現になると思う」

村中はさらりと言ったが、その残酷な意味に草波は寒気を覚えた。ダーティボムはすぐには人を殺さない。地域を汚染し、発がんなどの確率を上げるのだ。その場で大量の死者が出るわけではないので、極論すれば被害なしと言い切ることも無理ではない。緊急避難を要するレベルの危険はないという玉虫色の表現を使いそうだ。直近の危険は風評被害の方が大きい。

「為替や国債にも影響が出ていそうですね？」

「落ちてる。それ自体は悪いことじゃない。破産する投資家が出るくらいだ」

村中は苦笑した。

「日本のカントリーリスクが再評価されて、国全体のレイティングが下がる可能性があります」

「レイティングが下がっても大丈夫だろう。日本国債は国内で買い支えてるからね」

村中は落ち着いている。いつもと変わりない。有事の村中を見たことはないが、それにしても平常心すぎる。

「先生はダーティボムに脅威を感じていないんですか？　なんかあまり緊張しているように見えないんですけど」

「危険だと思っているよ。これはサイバー兵器とドローンを使った世界最初のテロで、狙われたのは原子力発電所だ。しかも今のところ成功を収めている。この事実だけで緊張するに値する」

言われて草波は気がついた。可能性はたびたび指摘されていたが、大規模なテロにドローンが使われたのはこれが初めてだ。ドローンを国家元首や議員に向かって体当たりさせようとするテロ行為は何度かあったが、今回の事件に比べれば子供の遊びだ。

サイバー兵器とドローンを連携させた作戦はシミュレーションでは経験があるが、リアルの戦場の実例は見たことがない。

「ここで活躍をすれば世界の戦場に武器を売れるわけだから、張り切る連中は少なくないだろう」

「戦場？」

村中の口にした戦場という言葉に引っかかった。もはや戦場という概念はなくなっていたはずだ。

「失礼。サイバー空間が戦略の要となってからは、戦場という言葉は意味を喪失していたな。日常生活そのものが戦場だ。二十四時間三百六十五日世界のどこにいても、戦場に暮らしているのと同じ。世界はずいぶん変わったものだ」

村中が腕を組んで天井を見上げた。

その時、画面に首相の顔が映った。どうやら記者会見が始まるらしい。続けて村中に質問しようとしていた草波は口をつぐんだ。

首相の話はほぼ予想通りだった。遠回しになにもできないと言っているだけだ。最大限の努力と言ってもただ情報収集して待つだけしかない。事情がわかっていても歯がゆいことこの上ない。

「記者会見が終わったら現況把握と整理のための会議が始まる。今回のテロを予見した者として発言を求められると思う。ああ、その前に軽くいろいろ訊かれるかな。よろしく、草波曹長」

画面から目を離さずに村中がつぶやいた。

「曹長⁉　僕は自衛隊に入隊するんですか？」

思わず声が裏返る。

「もう入隊したことになっている。そうでないとここから先の話には参加できないよ。いいよね？」

　村中は肩をすくめて微笑んだ。知らない間に、そこまで話が進んでいたのか。怖いくらいの村中の手回しのよさだが、今の状況を考えるとありがたい。

「一時的なものですよね？」

　草波は今抱えている仕事を思い出す。ほんの一時間ほど前までは、それが生活の中心だったのに、すでに遠い日の思い出のように感じる。

「そうなることを私も祈ってる。君の意思を尊重するよう進言する」

　村中は草波に顔を向けて目を細めた。どうなるかわからないと言っている。この状況を考えればなんの保証もできないのは仕方がない。

「ところで、なぜ特殊作戦群、エスが迎えにきたんですか？　もしかして僕はヤバかったんですか？」

　草波は、話題を変えた。エスに連れられてここまで来たが、村中から電話をもらって自分で来ることもできたはずだ。

「君は、現在進行中の回避も防御もできないテロを予見したシナリオを書いた人物だ。テロリストは口封じに殺そうとするし、警察や公安はテロリストとの接点やシナリオの詳細を訊きたがるし、各国の諜報機関も身柄を確保して背後関係を確認したくなる。一刻も早く君の身柄を安全な場所に移したかった。君自身がかつて言っていたように、サイバーセキュリティ関係者は核関係者なみに暗殺や拉致の対象という時代になった。自分のことは見えてなかったようだね」

全く実感はないが、村中の言うことが正しいのだろう。あのままのんびり自宅にいたら、どうなっていたかわからない。もっとも今の状況も自衛隊に拉致され軟禁されていると言えなくもないが、古巣だから居心地は悪くない。なにより、この事態にもっとも近い場所で関われるのは貴重だ。

「自衛隊の所属になってしまえば、どこも手を出しにくくなるから、そっちの手配も急いだ」

村中が付け加えた。恩師ながら頭の回転の速さに舌を巻く。事件発生からそんなに時間が経っていない。日本政府に連絡があり、会議が招集された。村中に連絡が来たのは、かなり後だろう。そこから今までの限られた時間で、そこまで考えて手配したのだ。

「時間のあるうちにそのへんの資料に目を通しておいてほしい。第二古里に関するものを集めてある。さすがに私も驚いた」

村中が机の上に散らばっている資料を指さし、苦笑した。

「なにか問題でもあったんですか？　管理態勢がずさんという噂は聞いていましたけど」

「管理態勢もそうだが、それ以上にすごいのは……いや自分で読んでもらった方がいいだろう」

「はあ」

そう言われても机の上にあるのは莫大な紙の束だ。どこから手を付けたものか考えあぐねる。

「一番薄い『状況要旨』と書いてあるのを読んで関心のある箇所について、くわしい資料を見るといい」

村中が資料の山の一番上にある冊子を指さした。草波は、ありがとうございますと礼を言って読み始めた。

しばらくするとテレビ会議が始まり、状況報告が始まった。草波と村中はオブザーバーとしての参加なので、こちらの映像は向こうには映らない。草波は資料に目を通しながら、会議に耳を傾けた。

＊　＊　＊

深夜から早朝にかけて、ピョン・ジンスは何度か目が覚めた。遠くからかすかにざわめきが聞こえ、嫌な予感を覚える。こんな時、頭をかすめるのは職場のことだ。

原発はクリーンな夢の技術のはずだった。豊かな自然に囲まれた夢の職場。韓国の未来を担う仕事だ。ジンスは職を得て、妻と子供とともに引っ越した。ジンスだけではない。数多くの人々が夢を追って、釜山《プサン》の機張《キジャン》郡に移り住んだ。そこは最新の技術を使った新しい夢の街になるはずの場所だった。

それから数年間はなんの問題もなく、満ち足りた日々が続いた。悪魔の本性に気づいたのはそんな幸福を味わってからだった。

嫌な雰囲気が漂い始めた。がんにかかるものが目に見えて増え、原発との関連がささやかれ出す。原子力発電所に勤務しているものの、専門的な知識を持たないジンスにはなにが起きているのかよくわからない。周囲の作業員や住民も同じだ。はっきりとはいえないもやもやが広がった。

原発の影響でがん患者が増えたのだと、一部の者たちが声を上げだした。見知らぬ男たちがやってきて、ビラを配り、講演会や集会を始めた。ジンスは迷ったが、関わらないことにした。今の生活は原発という職場あってこそだ。子供の学校のこともある。金や教育と、生死の問題を同じに比べることはできない。そうはわかっていても、貧しく希望のない生活を自分や妻や子供が送るのは耐えられない。

自宅にほど近い古里原発一号炉が事故を起こし、全電源が停止状態に陥った上、一カ月もその事実を隠していた。二〇一四年には新古里原発三号機で事故が発生し、作業員三名が死亡した。長年にわたる疑惑に終止符が打たれる時が来た。二〇一四年、原発を運営していた韓国水力原子力が裁判で負け、正常に稼働している原発の近くに住んでいるだけでがんを発症することが認められた。ジンスは愕然とした。事故がなく正常に稼働していても、がんになるのだ。原発は人間の命を食って発電する悪魔の機械なのだ。

周囲にビラを受け取り、集会に参加する者が増えた。このままではいいように利用され、殺されてしまうのだから当たり前だと思う一方、ジンスは参加する勇気が出なかった。集会に参加したことがわかったら、あいつらは自分を首にするかもしれない。

発電所をやめたら自分を雇ってくれるような会社はないだろう。働き続ければがんになって死ぬとわかっていても、他の選択肢はない。仕事を辞めれば飢えて死ぬ。妻や子供も道連れだ。そんなことになるよりは、がんで死ぬ方がまだ長生きできる。

原発のニュースが流れるたびに妻と子供がジンスの顔を見る。

「心配するな」

と一言つぶやくと、ふたりはうつむく。言いたいことはたくさんあるのだろう。我慢しているのがわかるだけにつらい。だからといって、「お父さんが、こんなところで働いているから僕までがんになって死んじゃうんだ」などと面と向かって言われるのも恐ろしい。

いつものように朝食をとって家を出る。妻も子供も、「行ってらっしゃい。気をつけて」と声をかける。「ありがとう」と返す。幸福だが、むなしいやりとりだ。

今のところ、ジンスの家族は無事だが、それはいつか必ずやってくる。そのことを考えると胸が詰まる。人間は必ず死ぬ。そして多くの人間はがんで死ぬのだ。ただ、それが他よりも少し早く訪れるだけだ。今の幸福の代償なのだ。そう自分に言い聞かせる。

ジンスは通勤用のバス乗り場からバスに乗り込むと、見知った同僚が声をかけてくる。他愛ない冗談を言い合い、乾いた笑い声をたて、原発に向かう。

バスはすぐに緑の森林地帯に入る。ここだけ見ると、美しい森だ。その奥に悪魔の発電所が控えているようには見えない。

車内でスマホをいじっていた数名が騒ぎ出した。なにか事件が起きたらしい。「これって、ここじゃないか！」などと叫んでいる。嫌な予感がする。その時、バスが急停車した。

「え？　なんだこれ？」

運転手が困惑した声を上げる。

「なに？　事故かよ？　遅刻するだろ」

バスの中が騒然とし、運転席に数人が詰め寄った。

「おい！　道路がふさがれてるぞ」

ひとりが叫び、扉を開けてバスを降りようとする。

「戻れ！　待機してろ！」

とたんに外から声がした。ジンスが窓からのぞくと、警官数人がバスの出入り口に向かって銃を構えていた。ただごとではない。これまでも事故があるたびに、検問が張られ、待ちぼうけをくわされたことはある。だが、銃で威嚇されたことはなかった。

「なにがあったんだ？　教えろ！」

運転席近くの数人が、銃を恐れずに怒鳴る。他の人間より短く壮絶に死ぬことが決まっている人生なのだ。死ぬことなど怖くないのだろう。

「ニュースで事故だかテロだかがあったっていってたのは本当なのか！」

ニュースの中身が気になる。あわてて自分のスマホを取り出す。もしなにか起きたのならできるだけ早く遠くまで逃げなければならない。「第二古里で緊急事態」と「軍と警察が事態の収拾に当たっている」という文字が目に飛び込んできた。だが、くわしい内容を読む前に、バスの中はそれどころではない騒ぎになってしまった。

「いいから、戻れ！　バスの中にいろ」

いらだちの混じった声が返ってくる。

「なんだと！」

ひとりが制止を無視して一歩踏み出した、と思った瞬間、短い爆発音が響き、悲鳴が上がる。降りようとした男が脚を押さえて、バスから転げ落ちた。銃で撃たれたのだ。

ジンスは、まるでドラマでも見るように無感動でその様子をながめた。現実とは思えない。

「全員降りろ！　さもないと射殺する」

さっきは降りるなと言って、今度は降りろか、どういうことなんだと思う。それに、射殺する？　笑いそうになった。テレビドラマや映画じゃないんだ。そんなことできるわけないだろう、という思いが単なる気休めでしかないことはすぐにわかった。いつの間にか、バスは完全に囲まれていた。ライフルを構えてこちらを狙っているヤツもいる。死ぬかもしれない。冷たい予感に襲われ、膝が震え出した。

＊　＊　＊

辻は次々と流れてくる情報を必死に追いかけていた。あまりにも多くのことが同時に起きている。

声明公開中から莫大なアクセスがテロリストのサイトに殺到した。犯人は、そのことを予想していたようで、東欧の大手クラウドサービスにホスティングしていた。アクセス状況に応じて、自動的に回線とサーバーを増やす契約だ。韓国はサイトを閉じるようにその会社に要請したが、にべもなく断られた。外交ルートあるいはなんらかの法的手段を講じれば可能と思われたが、その時間が惜しいし、テロリストが他のサーバーも用意している可能性も高い。

それだけではなく勝手に内容をコピーして転載するものが相次ぎ、自国語に翻訳して掲載する者も現れた。あちこちにテロリストのサイトの複製が生まれ、サイトを潰すことはもはや不可能だった。

趣旨に賛同した者が市民権予約の内容を要約し、サイトやフェイスブックやツイッターで一緒に新しい国に参加しようと呼びかけ始めた。ネット上に誕生する自由な新国家。魅力的な響きをもって、それは世界中に広まっていった。

その一方で使用済み核燃料を積んだ気球九十基が正体不明の者たちに操られているという不安も広がる。


――オレは気球を手に入れた。その証拠にライトを五回連続して点滅させる。


気球ドローンにはライトがひとつついており、コマンドで点滅できる。制御を奪ったものは、証拠としてライトを点けてみせていた。カラフルな気球が、ライトを点滅させて空を漂っている様子はのどかだが、その内実は緊張と危険に満ちている。

ツイッターやフェイスブックには気球についてさまざまな意見が流れ、悲観論、楽観論が入り乱れた。さまざまなまとめサイトが作られ、ケンカに近い議論もあちこちで起こり、炎上案件が多発する。

韓国では第二古里原発を撮影しようと車で出かけるネット民が何人も現れ、警戒に当たっている警察に追い返される様子の動画がアップされた。

第二古里の原発施設の様子は見ることができなかったが、気球の映像は多数アップされた。晴れていたこともあり、かなり離れた場所からでもカラフルな気球を見ることができた。

やがてドローンを飛ばして原発施設を撮影しようと試みた人間が現れた。すぐにドローンは撃ち落とされ、操縦者もその場で逮捕された。

ソウルなど主要都市では、不安にかられた市民が警察などに詰めかけたり、海外脱出のために空港に向かうというヒステリックな反応も起きた。

大事件ではあるが、多くの日本人はあまり事態を深刻に受け止めていなかった。自国内の事件ではないし、原発がメルトダウンするような事故でもない。もしかすると、日本にも影響が及ぶかもしれないというくらいにしか考えていなかった。なにしろ文字通り海の向こうの話なのだ。

いつもと同じ日本の朝だった。

＊　＊　＊

「ねえ。内山《うちやま》さん、ニュース見た？」

席に着いたとたんに隣席の同僚から話しかけられて、内山千夏子《ちかこ》はどきりとした。冷や汗が出る。沢田広美《さわだひろみ》が、じっとこちらを見ている。そういえば今日は、あちこちで話し声がする。ニュースのせいなのかもしれない。

「なんのニュース？」

心臓の高鳴りを押し隠し、端末の電源を入れながら尋ね返す。東京の中野坂上のビルにある中堅システム会社。昔ながらの大部屋方式のオフィスで、たくさんの人々が無心にパソコンに向かっている。

「原発のニュースに決まってるでしょ」

「また地震でもあったの？」

とぼけてみせる。できるだけ、その話はしたくない。沢田と目を合わせないように、目の前のパソコンの画面に顔を向ける。

「知らないんだ？　あのね。韓国の原発が乗っ取られて、犯人が放射能を韓国と日本にばらまくって脅してるの」

知らないわけはない。だが、知らないふりをしよう。キーを叩いている手が滑って、おかしなコードが打ち込まれる。動揺してはいけないと自分に言い聞かせる。

「韓国の原発？」

「そう。知らなかったんだけど、韓国の原発ってほとんどが日本海側に作られてて、しかも実は日本にすごく近いんだって、福島から東京よりも近いくらいだって」

「もしかしてすごく危険な状況なの？」

「わかんない。どれくらいの被害になるか、誰もわからないみたい」

沢田は口をへの字に曲げた。彼女は東日本大震災の直後、有給をとって北海道に行った。この手のことには敏感だ。

「また北海道旅行に行くの？」

「今は忙しいから抜けられないよ。でも放射能が降ってきたら嫌だなあ。子供産めなくなっちゃうかもしれない」

あっけらかんと深刻なことを口にする。向かいの席の吉田《よしだ》という中年の男性社員があからさまに嫌な顔をして沢田を見た。だが、気づく気配はない。

「吉田さんは心配じゃないの？」

沢田は矛先を吉田に変えた。

「情報が不十分な時に、いろいろ考えても時間のムダ」

一刀両断だ。吉田はとことん興味がないらしい。

「緊急事態には不十分な情報でも貴重でしょ」

「今は緊急事態じゃない。全て正常に機能してるだろ」

「機能しなくなってからじゃ手遅れなんじゃないの？」

「いいから、オレに話しかけないでくれ。忙しいのは知ってるだろ。ドキュメントを今週中にまとめなきゃいけないんだ。変に騒いで煽るのも好きじゃない。オレにとっては目の前の納期の方が緊急事態なの」

「あ、そう。ごめんなさい」

吉田が話に乗ってこないので、沢田は不満そうだ。

日本中で似たような会話をしているのだろう。

千夏子もため息をついて目の前の画面に表示されているコードに集中しようとした。だが、できない。いろいろなことが頭に浮かんできて止まらない。

千夏子にはなにが起きているのか、これからどうなるのかわからない。断片的に教えてもらっただけだ。あの女は韓国で大きな事件が起きて日本中が大混乱に陥ると言っていた。そしたら準備を始めろと。

この事態に目の前の仕事を進めてなんになるんだろう。そもそも仕事を続けてもなんにもならない。女性の低級ＳＥの行く末は妥協した相手との結婚退職か、ホームレスか、自殺くらいしか思いつかない。早い時期に見切りをつけて営業職や事務職に異動する手もあったが、あえて選ばなかった。給与は下がるし、セクハラとパワハラが横行している。

そもそも女の仕事にはロールモデルがない。キャリアを重ねた先に待っているものがなにかわからないまま仕事を続けている者がほとんどだ。当たり前だが、ゴールを設定しない仕事は成功か失敗か当事者にもわからないまま終わる。人生も同じだ。目標がなければ、なんとなく始まり、なんとなく終わる。

自分はそうはなりたくない。まとまった金を手に入れて、息子とふたりで海外で暮らす。学歴も技術も家柄もない自分が、その目標を達成する方法は限られている。

スマホが揺れて、メッセージが来たことを知らせた。愛人の黒木《くろき》からだ。

——ごめん。今晩、無理になった。申し訳ない。

——お仕事でしょ？　気にしないで。もしかしたら、韓国の事件と関係あるのかな？

——ありがとう。そうなんだ。アレのせいで取引先には呼び出されるし、うちが代理店になってるアメリカの会社から急遽《きゅうきょ》人が来るし、忙しすぎる。

——事件で仕事がキャンセルになったとかじゃなくて、逆に仕事が増えてるんですね。いいことじゃないですか。売り込みのチャンス？

——止めてくれよ。いや、まあそうなんだけどさ。

やっぱり動き出した。それにしても放射性廃棄物が降り注ぐかもしれない東京に、わざわざアメリカからやってくるとは、さすが『死の商人』だ。もっとも当事者のひとりである黒木総司《そうじ》には、『死の商人』と取引をしている自覚はないだろう。

黒木とは会社の仕事で一度一緒になった。その頃、黒木はシステム製品の営業部署におり、その後異動で今の特殊なシステム製品を官公庁に売り込む仕事に変わった。

四十代後半の典型的なオヤジ。少しだけ女性に優しくこまめだから、誘われた時に、断らなかった。押しつけがましい男性は苦手だ。世の中には一定の確率で、断れない女がいると知っていて強気で迫ってくる。断れなければ、そのまま食事からホテルへの流れになる。そんなのと一緒にされたくない。

黒木は違った。強引でもないし、女たらしでもない。他の女でなく私を選んだ理由がある。少なくともそう思わせてくれる。

好きかと言われれば、好きなのだろうと思う。若い頃のような強い感情は湧いてこない。いつも全ておごってもらえるのも助かっている。我ながらさもしいと思うが、もし同年代で割り勘だったら会う頻度は少なかっただろう。

自分と黒木の関係は、愛人とかセフレという割り切った関係だ。もっとも最近は、割り切りというと、売春を意味するらしいが。二万とか三万が相場ともいう。自分は毎回黒木にそれ以上の食事をおごってもらっているから、相場よりはマシだ。そういう意味のない計算をする性格だ。我ながら嫌になるが、そんなふうにして離婚歴あり、子持ちの四十一歳の女のささやかなプライドを維持している。

相手にとっても遊びに過ぎないとわかっている。妻子があるし、別れるつもりはないだろう。はっきり訊いたことはないし、訊くつもりもない。妻と別れるから結婚してほしいと言われたらうれしいけれど、きっと断る。

所帯じみた黒木を見たくないし、今くらいの距離感ならちやほやしてくれるけど、結婚したらそうはいかなくなる。嫌な一面を見ざるを得ない。いまのだらだらした関係が楽でいい。感情にまかせて行動できるのは、現実を知らない子供だけだ。それにこれ以上、黒木に近づいてはいけない理由もある。

もうすぐ黒木と会うこともなくなると思うと名残惜しいような気もするが、しょせん男なんか信用できない。最後に頼れるのは金だけだ。金があれば息子と一緒に暮らし続けることができる。

＊　＊　＊

アノニミティが三基の気球の制御を奪ったことはネットでちょっとした騒ぎになった。これまでサイバー空間で活躍したり、リアル世界でデモなどを行ったりしたことはあったが、軍事兵器を手にしたことはない。

防衛のためにやむなかったとはいえ、今回手に入れたのはまごうことない兵器だ。ダーティボムという名前が端的に示している。世間の注目は、その使い方に集まった。おおかたは解析して結果を公表するのだろうと考えていたが、テロリストが言ったようになんらかの主張を行うための威嚇手段として手に入れた可能性を指摘する者もいた。

辻はアノニミティの日本語版声明をチェックしていた。自分で書くわけではない。それでも緊張する。とんでもなく注目されているのだ。表現ひとつで、バッシングが起こりかねない。

アノニミティは元から誤解されることの多い集団だ。ハッカー集団ではないと何度も言っているのに、いまだに「ハッカー集団」というレッテルはとれない。

――我々は三基の気球の制御を手に入れた。これはあくまでも平和のためであり、韓国と日本の人々が無差別テロの犠牲になることを防ぐためである。

――ドローンのシステムを解析し、安全に着地させる方法を模索する。現在の位置から移動させる予定はない。我々の気球を知らしめるため、ライトを三回点滅させる。


韓国語、日本語、英語、中国語、スペイン語などでほぼ同時にツイートが流れ、すぐに気球のライトが三回点滅した。世界中でツイートはリツイートされ、まるで喝采のようにネットを覆い尽くした。賛否両論入り乱れているが、否定的な意見は少なめに見える。

これはほんの始まりに過ぎない。なにもできなければ今の場所で爆発し、韓国と日本に放射能汚染をもたらす。


「メシ行く？　行ける状態？」

隣席の同僚、早川がやってきて、いつの間にか昼になっていることに辻は気がついた。

「うーん、どうしよう。行けるような行けないような……」

気球の争奪戦は一段落したものの、これからなにが起きるか全くわからない。目を離せない状態が続いている。しばらくなにも起こらない可能性もあるし、自分がいなくても他の参加者がいるという思いと、日本人である自分は残っていた方がよいのではないかという漠然とした危惧がある。

「なんか買ってこようか？　パンとかでいい？」

察した早川が辻が答える前に言ってくれた。

「助かる。ありがとう。なんでも大丈夫。申し訳ないんだけど、コーヒーもお願いできるかな」

「わかった。正義の味方にがんばってもらわないといけないからな。一般人のオレとしては、これくらいは協力する」

他愛もないことだが、こういう時にはちょっとした心遣いがひどく胸にしみる。

早川は同じビル内のコンビニでサンドイッチとコーヒーを買ってきてくれた。礼を言う辻に渡すと、がんばれよと言って自分の席に戻る。よけいなことを訊かないのは早川なりに気を遣ってくれているのだろう。作業に集中できる。ありがたい。

テロリストはドローンのＯＳなど基本的な情報を隠すつもりはないらしく、解析結果が次々と流れてくる。辻自身が解析するまでもない。みるみるうちに解明されていくが、フェイクかもしれないという疑問も湧いてくる。全く違うシステムに見せかけている可能性も考慮する必要がある。

辻は書き殴ったようなスラングと略語だらけの報告をながめながら、おかしな点がないか確認していた。

「あのさ。よけいなことかもしれないけど、気をつけた方がいい。お前のことをよく思ってないヤツもいるから」

早川が隣の席から声をかけてきた。どきりとする。社内に敵がいるのか？

「え？　どういう意味？」

「さっき広報にどっかのテレビ局から取材の申し込みがあったんだってさ。同期が広報にいて教えてくれた。お前が今回のアノニミティのオペレーションを追跡してるってのは外部発表してないし、どっちかというと秘密になってると思うんだ。それをテレビ局が知ってたってことは、誰かが漏らしたんだ」

テレビ局に連絡した社員がいるのか。周囲を見回す。いつもと同じ職場の景色だが、どこかに自分がアノニミティのオペレーションを追跡していると伝えたものがいる。

「そんなことがあったのか。教えてくれてありがとう。そもそも僕はアノニミティのメンバーじゃないんだけどね。今回はたまたま参加要請があって、内容から考えて誰かが追跡しないといけないような気がして追跡してる」

状況を正確に伝えるために自らツイートしようと考えていたが、止めた方がよさそうだ。

「お前、犯人じゃないよな」

早川はそう言って笑った。

「え？」

「冗談だよ。でも気をつけろよ。ほんとにどこから情報が漏れるかわからないからな。広報が、お前のことが、どこから漏れたか調査してる」

「そんなことわかるのか？」

「広報が一番疑ってるのはツイッターなんだ。社員が匿名でやってるツイッターアカウントで、お前のことをつぶやいてるんじゃないかって調べてる。お前のことをよく思ってないヤツだから、放っておくとそのうちあることないこと言い出す危険もあるって広報は判断したんだろう」

なるほどと思う。わざわざテレビ局や警察に連絡したわけではないのだろう。ツイッターでつぶやいた内容をこの事件の情報を探し回っているマスコミやテレビ局に見つかった。

ツイッターなどのソーシャルネットワークは、マスコミや警察の恰好の情報収集ツールになっている。事故や事件が起きた時、周囲に居合わせた人間、目撃者、写真を撮った人間をリアルタイムに見つけることができる。

「こんな時に炎上したくないな。そんな時間ない。せめて四十八時間待ってほしい。それにしても……」

なんでそんなことをするのかと言いかけて止めた。理由はわかっている。異質なもの、目立つ人間が嫌いな人種はどこにでもいる。これまでさんざんそういう人間に会ってきた。スルーする術は身につけているが、いつも寂しい気持ちになる。

ネット上では、アノニミティが気球三基を手に入れたことに対する議論が盛り上がっている。全体としては、それほど否定的ではないが、やはり敏感に反応してバッシングを始めている人々がいる。批判の内容を読む限りでは、アノニミティのことも今回の事件のこともあまり知らず、印象だけで反応しているようだ。文句を言うなら、ちゃんとこちらの声明文も読んでくれと言いたいが、相手にしている時間はない。

それだけでなく現状を教えてほしいと知人やマスコミ関係者からメールやメッセージが来ている。親しい知人なら別だが、それ以外には下手なことは言えない。

「なんかさ。最近、脆弱性《ぜいじゃくせい》見つけて報告したり、WEB改竄《かいざん》で騒いでた頃がすごく昔みたいに思えるんだ。でも、あれってせいぜい十年くらい前だよね」

早川が独り言のようにつぶやいた。いったい自分はなにをしているのだろうか？　と一瞬辻は迷子になったかのような感覚に陥った。

正義のために、平和な日本のために自分の得意な分野でできることをする。その気持ちは昔も今も変わらないし、今の仕事はそういうものだと思う。だが、目の前に広がる光景は十年前とはあまりにも違いすぎる。

隣国の原発がジャックされ、気球に使用済み核燃料が吊されて漂っている。世界中が目の色を変えて、制御を奪おうと争っている。なにかが違う。今、やらなければならないことはわかるが、果たしてこれでいいのか、自分のやるべきこと、やりたかったことはこれなのかという青臭い疑問が湧いてくる。

——どうした？

しばらく黙っていたのでメッセージが来た。今はとにかく動き続けなければならない。

＊　＊　＊

資料を確認していた草波は愕然とした。第二古里原発は想像以上に危険なしろものだった。世間的には最新の利便性の高い施設と呼ぶべきものだが、草波のようにセキュリティ面を考える者からすると利便性が高いことは安全性が低いことにつながり、危うい箇所が見えてしまう。第二古里が稼働を始めたのはつい一年半年前、その時点での最新の技術を採用していた。

使用済み核燃料は核燃料冷却プールの中のラックに格納されていることが多い。湿式と呼ばれる方式だ。日本の原発の多くはこの方式をとっている。使用済み核燃料は高熱を発するので、そのままにしておくと水は蒸発してしまう。そのため常に水を循環させて冷やし続けなければならない。

これに対して乾式、ドライキャスクと呼ばれるものは文字通り水で冷却せず、特殊な金属素材の容器に保管する方式だ。

第二古里では使用済み核燃料冷却プールで一年間保管した後、金属製のドライキャスクに移し、適宜移送する方式をとっていた。

通常使用済み核燃料を格納するキャスクの重量は軽いものでも二十トンをくだらない。第二古里で採用されたものも同様だが、途中で移送用の小型容器が使用される点が異なっている。使用済み核燃料冷却プールの中で移送用の小型容器に移され、そこから金属キャスクへさらに移動する。小型容器には新たに開発された軽量で遮蔽効果も充分と言われている金属が使用されている。そして、この容器自体に頭脳と移動能力が備わっており、金属キャスクまで自走する。いわば移送容器ドローンである。短時間の保管、移動に特化したものでそれぞれの重量は百キロに満たない。

韓国政府としてはいずれ移送容器の強度と遮蔽能力を上げて、そのまま数年の保管にも耐えられるような可動式の金属キャスクドローンにしようと考えていたようだ。

ドローンの制御がどのように行われているかは資料にはくわしく書かれていなかったが、充分察することができる。乗っ取られて、そのまま気球につながれたのだ。詳細な設計図や資料は、ネットに漏洩したのだろう。

これだったのか、草波は唇を噛んだ。最大の難関だった使用済み核燃料の移動はいとも簡単に実行された。しかもこの重量なら吊り上げられる気球も入手が難しくない。犯人が時間を短く切ってきたのは移送容器が安全に使用済み核燃料を保管していられる限界を考慮してのことだ。

移送容器ドローンがそのまま外部のインターネットと接続されているとは思えないが、なんらかの方法で接続されている内部ネットワークまで侵入することは可能だろう。

アメリカとイスラエルがイランの核施設をサイバー攻撃する際、外部のネットワークからは隔離されていたため、スタクスネットと呼ばれるマルウェアをUSBメモリを使って送り込む方法を用いた。今回はさらに簡単だったろう。

なにしろイランの核施設は存在すら秘匿されていたが、第二古里はその存在は周知だし、資料がネットに流出するくらいに管理体制がずさんだ。感染を広げて制御を乗っ取るのも難しくなかっただろう。

利便性と安全性は二律背反だ。利便性を向上させれば安全性は下がる。この移送容器ドローンは便利すぎる。

別の資料に、汎用気球ドローンの資料があった。今回の犯行で使用されたと考えられているものだ。誰でも入手可能な中国製の安価な民生品。

草波の頭の中でシナリオが組み上げられていく。犯人が用意したものを書きだしてみる。

◎百基の気球
◎気球制御用推進装置と制御システム、自爆システム。
汎用製品の気球ドローンを利用した可能性が高い。
◎移送容器ドローン用マルウェア
◎リアンクール共和国のＷＥＢページと声明ビデオ
これに加えて下記の作業が必要だ。
◎気球の入手と移送、ドローンとの接続

◎第二古里ジャックのためのサイバー攻撃

これだけ？　たったこれだけでいいのか……。犯人の手がかりはほとんど得られないかもしれないという気がした。それぞれの装置の入手ルートや移送手段を確認すれば犯人に近づけるだろうか。気球はおそらく車で運んだろうから、それを特定できれば犯人の手がかりも見つかるだろう。第二古里周辺に原発関係以外のトラックが通るのは珍しいだろうから、さほど時間もかからず判明しそうだ。

犯人がなにをどうやったのかはだいたいわかるのだが、一番大事なことがわからないために次の行動の予測を立てられない。目的だ。それがわからなければ先回りして防ぐこともできない。

世間はリアンクール共和国の樹立を本当の目的と考えているようだ。犯人の声明はそうなっているし、主にネットでそれを中心とした噂が広まっている。国民になるとどうなるのか、新国家の制度はどんなものかとか、憶測が飛び交って勝手に法案や制度の案をアップしている者までいる。

リアルに向き合っているこちら側にはリアンクール共和国を信じている者はいないだろう。この温度差はなぜなのか。マスコミが派手に煽ってリアンクール共和国を取り上げたせいなのか、それともネット民のための新しい国という夢を見たい人間が多いのか、あるいは本当にそれが目的なのか。

実現不可能と思わせて裏をかく可能性もないわけではない。たとえば、韓国政府とすでにコンタクトして通じていたら？　韓国はリアンクールを実効支配しているが、国際社会に承認されたわけではない。日本が支配を取り戻す可能性は少なくない。リアンクール共和国が樹立され、その政権が実質的には韓国政府の傀儡《かいらい》だったら日本が取り戻すことはかなり難しくなる。

だが、その可能性は低いだろう。かつて、リアンクールを爆破してしまえばいいと発言した韓国の政治家がいるくらい韓国にとっても益のない争いなのだ。

面倒だと思う。おそらく韓国でも同じように日本が傀儡政権を作ろうとしている可能性を考えているだろう。韓国政府も国民も日本を警戒している。今回の件で日本の関与を疑わないわけはない。

情報を共有し協力しなければいけない局面なのにできない歯がゆさ。犯人がわざわざリアンクールを巻き込んだ理由は、そこだけだと草波は読んでいる。そうであってほしいとも思う。リアンクール共和国が本当にできたら、日本の立場は非常に難しくなる。

＊　＊　＊

——気球の映像来ました。映します。

声で草波が顔を上げたのと同時に気球の拡大画像が投映された。妙に揺れて見える。

――気球にドローンを接近させて撮影したものです。韓国から送られてきました。マスコミには伏せているそうで、日本にも同様の対応をお願いしたいそうです。

緑と黄色の模様の気球に銀色のゴンドラがぶらさがっており、さらにそこからワイヤーで灰色の筒が吊られている。

――十分ほど前に撮影された動画です。風船から銀色の機械部分までが、韓国のメーカーが開発した量産品の気球ドローンです。そこからワイヤーで吊られているのが第二古里原発の移送容器ドローンで、見えにくいですが、黒いなにかがそこに貼り付いています。それが移送容器ドローンと気球ドローンに接続されています。

――通信方式は?

――無線です。移送容器ドローンに用いられている無線暗号通信と同じものを利用しているそうです。

――無線暗号通信って具体的にはなんだ?

――韓国側の資料によればＷｉ－ＦｉのＷＥＰです。これはもはや暗号とは呼びませんね。子供でもツールがあればハックできる。もともと厳重にセキュリティ管理された屋内での利用を前提としていたので、ハッキングの危険性については配慮されていないようです。ハッキングについては、その前段階で対処すべきという考え方です。

――そんなことが通用しないのは、ＳＣＡＤＡで実証済みだろ。

ＳＣＡＤＡとは汎用監視制御システムの略称であり、コンピュータによってシステム監視とプロセス制御を行う。工場、発電所、交通システムなど広範に利用されており、さまざまな会社がソフトウェアを提供している。インターネットが普及する前から使われ続けているものも多く、脆弱性が存在するとわかっていても、予算や運用上の理由から対処できていないものは少なくない。インフラ関連で利用されているものは、失敗が許されない。システムの脆弱性に対処した結果、動かなくなったり事故を引き起こしたりする可能性がある。実際のシステムとほぼ同じ環境でテストを繰り返しても、全く同じ環境でテストできることはほとんどないため、「やってみなければわからない」という要素が常に残る。たとえば、発電所のシステムを完全に同じ環境で行うために、センサーなど全ての部品やソフトウェアまで同一の発電所をもうひとつ作ることはありえない。

結局、そのまま運用を続けることになり、近年のサイバー攻撃の恰好の標的になっている。

――おっしゃる通りです。気球についての資料データは共有フォルダに上げてあります。ご確認ください。

草波は簡単にハッキングできるものと知ってため息が出た。確かに屋内のクローズドなネットワークが安全に守られている前提ならセキュリティ上いささか弱くても問題ないかもしれない。だが、安全でクローズドなネットワークを実現するのは簡単なことではないのだ。

＊　＊　＊

空港でブライアンを出迎えたのは日本の商社極日《きょくじつ》の黒木だった。ブライアンは笑顔で握手したが、本音を言うとかなり驚いていた。自分と違う人種だということがひとめでわかった。なぜ、この男が同じ仕事をしているのかすぐには理解できない。

「ごぶさたしてます」

挨拶を交わすと違和感はますます大きくなった。

「急な来日で驚きました。今回の事件に関して日本政府もしくは関係機関に売り込みをなさるとうかがいましたが……」

理由はすぐにわかった。黒木という男は、自分のしていることを理解していない。ブラックゲームの商品を普通の商品と同じに考えているから、こんなのんきな対応ができるのだ。自分の国が正体不明のテロリストの罠にはまっているというのに、こののんびりした態度はなんだろう？

「失礼ですが、日本はかなり危険な状況に陥っていると私は考えています」

ブライアンは単刀直入に切り出した。

「韓国の原発ジャックとダーティボムですよね？　そこまでのリスクになりますか？」

　この危機感のなさがブライアンには理解できない。世の中には目の前で銃を突きつけられるまで危機を実感できない人間がいるが、こいつもそうなのかもしれない。そういう人間はこの商売に向かないし、長生きできない。いままでの日本なら長生きできたかもしれないが、これからはそうはいかない。黒木という男は頭は悪くなさそうだが、状況認識が甘い。

「韓国の原発は第二古里だけではありません。テロリストは同じことを他の場所でもやりかねません。使用済み核燃料をばらまくだけでなく、プルトニウムを盗み出すかもしれない」

　黒木はちょっと黙ると困った顔をして、「こちらへどうぞ」とブライアンを案内して歩きだした。平和な空港の風景がひどくよそよそしく見える。韓国の事件を知ってあわてて海外に逃げ出す日本人がいないことに驚く。

「ちょっとおおげさですね。日本の危機というほどではないでしょう」

　黒木が案内した駐車場には、黒塗りのハイヤーが待っていた。ふたりが乗り込むと、車は行き先を確認せずに走り出した。

「韓国は日本の隣国です。海を隔てているとはいえ、さほど離れているわけではない。なぜあなたが落ち着いていられるのか疑問ですが、それが多くの日本人の感覚なのでしょうか？」

　ブライアンは自分を納得させるようにつぶやく。平和ぼけという言葉は、この国のためにあるようなものだ。

「まあ、そうだと思いますよ。でも、サイバーセキュリティ・ソリューションをこの機会に提案するのは悪くないと思います。日本の官公庁は、大きな事故や事件が起きると、翌年度多くの予算をつけます。来年はサイバーセキュリティ関連の予算が増額されるのは確実でしょう」

話が嚙み合わない。目の前の相手が自分の額に銃口を押しつけている状態で、「来年の予算で対抗措置を手当しますから大丈夫です」としゃべっているようなものだ。全く大丈夫ではない。額を撃ち抜かれた人間は来年の予算を確保しても生き返らない。

「リアンクールを奪われたらどうします？」

「……どっちにしろ、日本政府はもうあそこに手出しできないんだと思いますよ。だって韓国軍がいますでしょ？」

いらないなら、とっとと放棄してやれば韓国は狂喜乱舞していただろうし、こんな騒動も起きなかったかもしれない。手出しできなくても必要なのだ。そこが問題だ。

「すぐ近くにテロリスト国家ができてしまいますよ」

「日本海側の地価が暴落しそうだ」

黒木は笑ったが、ブライアンは笑えない。ジョークのつもりなのか？　日本人はリアンクールを失ってもいいのか？　あまりの当事者意識のなさに、いらだたしさが募る。落ち着けと自分に言い聞かせる。これはビジネスだ。感情的になる必要はない。この事件にはタイムリミットがある。売り込みを急ぐことが急務だ。

「とにかく資料一式はもうお持ちですよね。提案先に連れていってください」

「データ一式はグループウエアで共有していますから、いつでも取り出せます。いちおう印刷した日本語の資料も持ってきました」

「グループウエア？　共有？　なんの話ですか？」

資料といっても冷蔵庫や洗濯機のものとは違う。機能や価格など詳細なスペックが外部に漏れてはならないものだ。それがネットワークで共有されている？　ブライアンは極日のずさんな情報管理に怒りを覚えた。

「いただいた資料は同じ部署のものがいつでも参照できるように社内で共有しています」

「誰が見ることができるんです？」

「同じ部署のものだけですよ」

「……」

ここで釘を刺しておくべきかブライアンは迷った。自分の仕事はセールスだ。情報管理まで口だしは必要ない。そもそも日本支社と極日の間のＮＤＡ（秘密保持契約）の内容も日本語だから詳細がわからない。

「なにか心配でも？　当社は社外からの攻撃にも内部漏洩にも万全のセキュリティ対策を施していますよ。ご存じでしょう」

「ベストを尽くすことと完全であることは違います。情報を共有する人間が増えれば漏洩のリスクも増加します」

「それはそうですが、仕事の利便性とのバランスを考えた上で共有しています。過去の資料も全部共有していますよ」

これ以上言っても無駄だ。本来の仕事に支障が出ても困る。後で本社から日本支社に連絡して改善を要求してもらおう。

「わかりました。とにかく急いで提案先を紹介してください」

「わかりました。といっても毎回提案先は決まっています。すでにあなたの来日を伝えてあります」

黒木の言葉にブライアンは少しほっとした。やるべきことはやってくれていたらしい。

「アポがとれているのですか？」

「いえ、とりあえず行って待つんです。お呼びがかかったら話ができます。おそらく我々以外だけでなく主要なサイバー軍需企業が集まっていると思います」

落胆した。日本は実際のクライアントと我々の間に入る中間業者が多く、複雑すぎる。ブラックゲーム社は極日の他に戦略パートナーという名称で大日本電気とも提携している。戦略パートナーといえば聞こえはいいが、要するに販売代理店だ。日本の官公庁は金を年に一度しか支払わないらしく、それでは立ちゆかないベンチャー企業や直接取引の難しい海外の企業の窓口に大日本電気がなるのだ。ベンチャー企業に大日本電気が先に金を融通して支払い、その利子をはるかに超える金額を上乗せして官公庁からせしめる。海外企業に対しては販売代理店以上のことはしない。

大日本電気が戦略パートナーなどといって告知しているもののほとんどは、「官公庁のみなさんは発注の際に大日本電気を通していただくと手続きが楽になります」と言っているようなものだ。中に書いてあるそれっぽい内容は単なる飾りでしかない。

ブライアンの感覚では、ひどく無意味なことだが、日本の文化というものなのだろう。大日本電気を訪問した際には、役員専用のエレベータや最上階にしつらえられたペントハウスに驚いた。専用のシェフやバーテンダー、ウエイターなどが常駐していた。金の使い方を知らないにもほどがある。頭の悪さに驚愕《きょうがく》した。聞けば以前は白金《しろがね》という場所に接待のための屋敷まであったという。

日本には日本のビジネス流儀がある。それにさからってはいけない。ブライアンは黒木の話に反発しそうになった自分を戒める。ただ守らなければならない一線はある。そのことだけは伝えておかねばならない。

「黒木さん、行き違いがないように申し上げておきたい。当社が扱っているのは兵器です。相手先によってはアメリカの禁輸措置に引っかかって犯罪になるし、売り先の国によっては国際的非難を浴びることになる。そして、使い方によっては大量に人が死ぬことになる。そういうものをあなたは扱っています。その認識は持っていていただきたい」

「極端なケースでは確かにそうでしょう。だが、過去に当社が納入した先は平和的な利用をしていると思います」

極端なケース？　それは全体主義政府へのセールスの時に使う言葉だ。暗に、「極端な使い方をするとすごくお役に立ちますよ」と伝えている。同業者同士で使う表現ではない。

ネットワーク監視システムは平和的な利用も可能だが、全体主義国家が国民監視のために使うことも可能だ。ブルーコートシステムズという会社が提供しているネットワークセキュリティ製品は、二十カ国以上の政府でネット検閲などに利用していると二〇一三年三月『国境なき記者団』に指摘され、「インターネットの敵」と呼ばれた。ブルーコートシステムズは日本でもよく知られたサイバーセキュリティ企業である。

だが、今は目の前の男を説得することが大事なわけではない。無駄な言い争いは止めよう。

「当社がパートナーである御社にお願いしたいことは、この危機を解決するために当社の製品を購入してくれる相手を見つけ、紹介していただくことです。そのために日本支社を介さず直接本社から来たんです」

「わかっています」

「現在の状況は、四十八時間以内に終わります。その間にコンタクトしなければならない」

「ゲリーさん」

「ブライアンで結構です。我々はパートナーだ」

「ブライアン、さきほどご説明したように来年度の予算が大幅に増額される可能性は高い。四十八時間以内に売り込めなくても、次のチャンスがあります」

戦争が始まったら、そんなことは言っていられなくなる。極東で戦争が起きる可能性は常にあった。なぜ、それがわからない。朝鮮戦争だって、まだ終わっていないのだ。

「申し上げにくいのですが、たとえば戦争が始まったら来年度の予算などという発想はできなくなると思いますよ。サイバー空間は銃声のしない戦場です。静かでも、激しい戦いが進行してるんです」

「戦争？　日本が？」

「リアンクール共和国が裏で、ロシアもしくは中国の支援を受けて日本に宣戦布告しないと言い切れますか？　あるいは今回の事件が北朝鮮の関与である可能性もないとは言えない」

「はあ？」

黒木の顔に困ったような笑みが浮かんだ。アルカイック・スマイルというヤツだ。女性がする分には魅力的なこともあるが、男がやるのは醜悪でしかない。

「あるいはクーデターが起きても同様です。あなたの目の前で起きている事態はこれまでと異質なレベルの危機と考えてください。過去の常識は通用しない」

心の中で、日本以外の国では当たり前だったことだが、と付け加えた。

「おおげさな……」

黒木は目をそらし、ぼそっとつぶやく。この手の人間には、うんざりする。

「なにか言いましたか？　反論があるなら、どうぞおっしゃってください。いいですか？　放置すれば〝イスラム国〟が日本の目と鼻の先にできてしまうかもしれないんですよ」

「だからといって……日本政府にはなにもできないと思いますよ。する気もない」

「日本政府は公式にはなにもできない。あくまでも公式にはね。過去もそうでした。でも、なにもしなかったわけではない」

不毛な議論だと自分でも思う。しかし、与えられたパートナーは目の前のこの男なのだ。別な人間を手配してもらうことも可能だろうが、時間がない。

＊　＊　＊

草波は、資料をくっておおまかな事件の流れを確認した。

まず最初第二古里原発に警報が鳴った。なんらかの緊急事態を知らせるアラートだ。係員が確認すると、冷却水の温度が急上昇している。給水装置は、故障を告げている。目視した範囲では沸騰している状態ではなかったが、温度上昇がそのまま続き、給水装置が故障で停止すれば臨界の危険もある。すぐにその旨を所長に報告した。

復旧に全力で当たれという指示が出たが、数名の係員はおそれをなして施設から逃げ出した。詳細な人数は不明だが、時間と共に逃げ出す所員は増加していたようだ。

但し書きがついていた。所員の頭には二〇一一年三月十一日に起きた東日本大震災に続く福島原発事故の悲劇と、一九九九年九月三十日の東海村ＪＣＯ臨界事故がある。特に後者は被曝して死亡した作業員のむごたらしい死に様が恐怖を呼んだ。ああいう死に方はしたくないと思ったという証言もある。

事故に先立って、福島と東海村の事故が所内で噂になっていたらしい。そのせいですぐに逃げ出す者が出たのであろう。

確認作業に手間取っているうちに、移送容器ドローンの制御システムがエラーを出し、勝手に動き出したため、所内はパニックに近い状態に陥った。

そこに至って所長は、ほとんど全ての装置の制御システムが動作に異常をきたしており、水温をはじめとする全てを手動で計測しなければ現状把握できないと気がついた。

本社に報告し、すぐさま専門家を派遣してもらうよう依頼した。すぐに対応するという回答を得たが、「ありえない」「もし本当ならすぐに対処できるわけがない」「第二古里は終わりだ」と言われている。

所長は、第二古里から避難したいと告げたが、その時対応した本社の人間（名乗っておらず、特定できていない）は、「自分には判断できない。だから残っていてほしい」と答えた。

その時の状況について、所長の証言が記録されていた。

「所内からは異常の報告がどんどん来て、目を通していられない量になっていました。逃げ出す所員もどんどん増える。いったい何人、どの部署の人間が残っているかもわかりませんでした。そもそもなにが起きているかわからないんです。それに考えてみてください。常識的に考えて異常動作している制御システムの元で、正常に装置が動いているとは考えられないでしょう。このままいけば臨界事故が起きても不思議はない。東海村の臨界事故で被曝した作業員がどうなったか知っていますか？　ああはなりたくない。

その時、思ったのは近隣の住人を避難させなければということと、自分も逃げ出そうということです。このままここにいてもなにもできない。

本社に連絡すれば、派遣した人間がもうすぐ着くから待てと言われるに決まってます。そんな悠長なことをやっている時間はないと考えました。

だから警察と消防に連絡して、本社は否定するだろうが、臨界事故の可能性があるので周辺住民を避難させた方がいいと匿名で伝えました。それから逃げ出したんです」

所長は逃げ出す前に館内放送で逃げ出すと伝えていたので、残っていた所員たちも一斉に逃げ出した。無責任となじることもできるが、気持ちはよくわかるし、残っていてもできることはなかっただろう。

所員たちがあらかた外に出ると、使用済み核燃料プールの屋舎から水蒸気が立ち上った（事故と見せかけるようにわざと多量の水蒸気を逃がしただけとのちに判明）。それで所長と所員たちは第二古里を捨てる最後の決断ができた。全員がその場から退避した。

本社から十数名が駆けつけた時には施設は完全にロックされており、所長をはじめとする職員とは連絡が取れず、原発の前でなすすべもなく立ち往生していた。

ただ、施設内でなにかが動いている音がずっとしていたという。通常の騒音ではない聞いたことのない音だったという。ドローンが自走して気球に接続していた音だろう。

ほぼ同じ頃、警察と消防も駆けつけたが、放射能汚染の危険があるため、やはり動きがとれず、本社の社員から事情を訊いていた。

結局、軍が到着する十分後までなにもできずにただながめているだけだった。軍は到着後すぐに侵入の準備を開始したが、すぐに断念した。

使用済み核燃料プールのある屋舎の天井が壊れ、そこから次々と気球が昇った。同時に、気球を爆破して使用済み核燃料をばらまくというアナウンスが施設内から流れ、脅迫メールが韓国水力原子力、警察、消防、軍に送られた。

それでも軍は強行突入するつもりで大統領の指示を待った。気球は次々と昇っており、突入により、その後の気球の上昇を中断させ、操縦装置を奪って安全におろすつもりだったようだ。大統領からは突入許可が来なかった。

韓国大統領府では緊急の会合がもたれ、対応策が検討されていたが、なにぶん状況を把握し、判断するための情報があまりに少なかった。原発ジャックというセンセーショナルな事件であることも対応を慎重にさせた。当初、大統領は隠密裏に収拾する方法を検討していたようだが、それは無理だとすぐにわかった。

警察、消防、軍は、第二古里を遠巻きに取り囲み、事態の推移を見守っていた。大統領府からは、とにかく中の様子を探って犯人グループの人数などを報告しろ、気球の数と状態を報告しろと矢継ぎ早に命令が飛んで来たが、できることは限られている。すぐに実行できない命令ばかり送ってくる。

気球を撃墜する案も検討された。だが、吊り上げられた気球が墜落した場合、容器の強度から考えて確実に破損し、使用済み核燃料が散らばる。第二古里一帯を死の土地に変える覚悟があればできたが、そこまでの覚悟はなかったし、立地から考えて海に汚染が広がるのは免れない。その場合、近隣漁業は壊滅的な打撃を受ける上、日本の漁業にも深刻な影響を与えるため日本から猛烈な抗議と賠償請求が来るのは避けられない。気球を監視し、次に来るものを待つしかなかった。その間にも気球は高度を上げ、地上五百メートルに達した。

当初、警察は脅迫の目的は金で、身代金要求の連絡が来た時が犯人の手がかりをつかむチャンスと考えていたらしい。大統領府と軍は北朝鮮のテロの可能性を最優先に調査していた。だが、事態は予想しない展開を見せた。

犯人と名乗る相手からメールが韓国水力原子力、警察、消防、軍に届いた。三時間後に声明をネットで放送する。その前に関係国である日本とアメリカにも進行中の事態を知らせておくようにという内容だ。

メールは日本を示すjpドメインのヤフーメールが使用されていた。メールには文章以外に手がかりになるはずのさまざまな情報が付帯しているが、もちろん全て改竄され手がかりになるようなものはなかった。なぜ、犯人は日本のヤフーメールを使ったのか？　当然の疑問が出たが、答えはなかった。

韓国大統領府からアメリカにはすでに連絡済みだったが、日本にはまだだった。犯人の要求とはいえ、知らせるべきかどうか議論があった。知らせれば、情報や対処についての共有を求めてくる。そこから押しつけがましい協力の申し出につながる。正直、面倒なことになったと大統領府の多くの者が考えた。

日本に影響の出かねない、いや、必ず出る事件だが、あくまでも韓国の事件であり、必要もないのにその情報を他国の政府に提供したり、協力を仰ぐ必要はない。だから日本に知らせるという発想そのものがその時点での大統領府にはなかった。

犯人からの要請に対して議論が沸騰した。犯人が声明を発表すれば日本政府の知るところとなるが、その方が韓国政府の立場と考えを日本側に理解してもらえるという意見も強かった。しかし、その一方で日本とは情報共有もしたくないし、協力要請などもっての外であるという声も多かった。結局知らせることになったのは、想像以上に深刻な事態で日本との協調なしに解決は難しいという判断と、アメリカからの強い要請があったためのようだ。日本政府は緊急に対策会議を招集した。

＊　＊　＊

草波はため息をついた。まんまだ。かつて自分が書いたシナリオをほとんどなぞるような展開だった。あの立地で原発をジャックするのは、チェックメイトに等しい。韓国と日本が牽制し合って、動きがとれなくなる。できるのは、投了か最後の一手を指すことだけだ。

韓国だってそれがわかっているから、当初日本に連絡しなかった。連絡すればやっかいな調整や交渉が必要になる。できることなら自国内で解決したい。それでうまくいけばいいが、原発をジャックされた時点で自国内で解決できない可能性はかなり高くなっていたはずだ。現にアメリカには早期に連絡している。

日本に連絡があったのも、ぎりぎりのタイミングだ。犯人たちの声明がネットにアップされた後に、連絡があってもおかしくなかった。いや、犯人たちの要求がなかったら日本側から問い合わせない限り、連絡も情報開示もなかったかもしれない。報告書に書いてある大統領府の考えは当然だ。

「草波くん、お呼びだ。すぐに済むらしい」

村中から声をかけられて我に返った。資料に没頭していた。

「え？」

顔を上げると、村中は内線電話をおろすところだった。呼び出し音に気づかないほど熱中していたのかと驚く。

「この事件と類似のシナリオを考えた人物に話を訊きたいそうだ」

「話を訊きたい……それって尋問ですよね。まあ、僕だって逆の立場だったら、いろいろ訊きたいことがありますが」

ため息が漏れる。そんなことをしている場合じゃないと思うが、相手の立場もわかる。

「僕も訊かれたけど、たいしたことはなかった」

村中から軽く肩を叩かれた。そう言われても緊張する。そんな悠長な場合ではないだろうという気もするが、万が一自分がテロリストに情報を流していたら大変なことになる。あくまでも念のためだ。そう自分に言い聞かせる。

草波は会議室を出て、指定された部屋に向かった。広大なキャンパスを横断すると、リアンクールの事件をよそに隊列をなして移動している学生たちの姿が見える。のどかで平和な風景。

そういえば学生時代から疑問だったことが、未解決だったと草波は思い出す。剣道部、柔道部といった武道のクラブは体育館ではなく、武道館で練習を行う。なぜか、少林寺拳法だけは体育館でマットをしいて練習していた。その理由を知りたかったのだが、結局訊かずじまいだった。

それにしても会議室の緊迫した雰囲気とは別世界だ。懐かしい思いに浸りながら本館の一室に向かう。

草波も学生時代は、ここで暮らしていた。起床から就寝まで他の学生と一緒で、私生活も管理されていた。そもそも防衛大学校の学生は、金を払って学んでいるのではなく、金をもらって将来の士官となるべく研鑽《けんさん》を積んでいるという立場だ。生活は学業とは別に監督する教官がおり、数人が班となって行動する。


扉をノックし、「草波です」と名乗ると、「どうぞ」という穏やかな声が返ってきた。「入れ」と命令口調で言われるものと思っていたのでいささか拍子抜けした。

制服ではなくスーツ姿の男性がふたり中で待っていた。長テーブルの向こうに腰掛けたまま、入ってきた草波を観察する。ぎこちなく一礼して部屋に入った。

着席するよう勧められ、ふたりが名乗らないまま質問が始まった。詰問されるのかと思ったが、雰囲気はいたって和やかだった。そのことに違和感を覚えた。

このふたりの目的は要するに自分がどこかと通じていないか確認し、もし誰かに論文以上の情報が漏れているなら、その相手を調べたいということなのだろう。だが、あいにくそんな相手はいない。

「草波曹長が以前書いたものと今回のシナリオは細部において差異があります。大きく異なる点とその理由を教えていただけますか？」

ふたりはメモをとりながら質問を続けた。このふたりは、この短時間で自分のレポートを読んでいるのか？　もしかすると事前に村中から説明を受けたのかもしれない。

「犯人の目的がわからないのですが、おそらく自分のシナリオとは違うし、リアンクール共和国でもないでしょう。私のシナリオでは目的は金でした。それから気球で使用済み核燃料を吊り上げる点、気球の制御を解放する点がもっとも大きな違いでしょう」

気球の制御を解放する理由は本当にわからない。ただ混乱を広げたいだけ以上の目的があるのだろうか。

「犯人がそうした理由はわかりますか？　なにか心当たりはありませんか？」

「わかりません。もしかしたら本気でリアンクール共和国を作ろうとしているのではないかと思うこともあります。しかしこれだけのことをやる犯人が、そんな無謀なことをやるとは思えない。金がほしいならもっと他の方法があるでしょうし、クーデターならこんな回りくどいことはしない。復讐にしても、誰に復讐したいのかわかりません」

「目的を隠蔽《いんぺい》することで、こちらの対抗策を封じる。やっかいな相手ですね」

片方の男が指を組む。

「全くです。難易度の高いことをわざわざやっているのが不思議だったのですが、資料を拝見してそうでもないことがわかりました」

これほど目的がわからない事件も珍しいのではないだろうか？　そもそもこの規模のテロが日本の近くで起きることが滅多にないのだが。

「最大の難関は使用済み核燃料を取り出して気球で吊り上げることです。通常は取り出しもかなり難しい。ところが、第二古里では最新の移送容器ドローンを使っていました。平たくいうと容器そのものが自分で動いてくれます。しかもそれぞれが従来に比べてきわめて軽量です」

「そうですね。よくあんなものを実用化したものです。まあ、原発に関しては何十年もかけて実現できない研究を続けたり、現世とは違うことがまかり通っているようですけどね。余談でした。他には？」

「次の難関は気球との接続です。資料によればドローンが自走して接続したことになっています。便利なのがあだになりました」

「ふーん」

ふたりは同時に嘆息し、やっぱり新しいことは訊けなさそうだという表情を交わした。自分は来たばかりなのだから、とっとと解放してくれと草波は思う。

「目的についてはなにか思いあたることはありませんか？　以前の論文では、単に金目当てでしたよね？　今回もその可能性が高いと思いますか？」

「それはなんとも……犯人の主張していることは支離滅裂です。本当の目的は見えてきません。あえて攪乱《かくらん》のために、リアンクール共和国の独立を言い出しているだけのような気もします」

「あなたの人間関係は調査済みですが、確認のため質問します。韓国政府もしくは北朝鮮と関係のある人物と会ったことはありますか？」

「ありません。防大時代は韓国からの留学生と話をすることはありましたが、その後はありません。身分を偽って近づいてきたならわかりません。いずれにしても、あの論文の内容については、ここを出てからは誰にも話したことはありません」

「論文はネットに公開されています。ネット経由で質問が来たことはありませんか？」

「ありません。そもそも僕はメールアドレスを公開していないので、問い合わせは専用メールアドレスに送るしかないと思います」

「問い合わせ用のメールアドレス？　……その話は初めて訊いたかもしれない。誰がその専用メールアドレスを管理しているんですか？」

「ええと、おそらく学校の広報じゃないかと思います。すみません。僕もはっきりわかりません。問い合わせをもらったことがないもので」

「問題ありません。こちらで確認しておきます」

質問はしばらく続いたが、特に問題なさそうだった。彼らは論文に関係した人物を知りたがっているようだったが、草波の論文は防衛大学校の紀要に掲載され、ＰＤＦ版はネットにアップされたので誰でも自由に見ることができる。そこからテロリストを特定するのは難しいだろうと草波は思った。

一渡り質問を終えると、草波は戻ることを許された。帰りしな、ドアを開けて出ようとした草波の背にひとりが声をかけた。

「そうそう、警察庁は急遽吉沢《よしざわ》を呼び戻したそうです」

吉沢という名前には聞き覚えがある。サイバーセキュリティがらみの案件でよく聞く名前だ。

「面識はありませんが、噂は耳にしたことがあります」

草波は吉沢の噂を思い出しながら顔だけ振り返る。

「知り合いでないのは幸運かもしれない」

男は意味ありげな笑みを浮かべた。いかにも過去に遺恨があったという表情だ。

「幸運？」

「ああ、本人にもし会うことがあっても絶対に言わないでくださいね。彼は、なんというか独特の存在感があります。それも悪い意味でのね。たいていの人間は二度と会いたくないでしょう」

そんな言い方をされるとかえって気になる。噂では吉沢という人物は、かなり食えない男らしい。ただし権謀術策を弄して権益を求めるのではなく、独自の理想に基づく行動らしいので、もしかすると自分に似た考えを持っているかもしれない。

第二次世界大戦で日本は敗北を喫した。あまりにも多くの過ちと犠牲がそこにはあった。そこから、立ち直るために変わらなければならないものもたくさんあった。だが、かけがえないものも、同時に失われてしまった。そのひとつが、「平和な日本を愛する」を一言で表す言葉を失ったことだというのが草波の持論だ。

自分の国や文化や人々を愛するのは当たり前のことだ。それを一言で表現すると、「愛国」となる。しかし、この言葉には言葉そのものの意味以上に周りにさまざまなものがこびりつきすぎた。公に「愛国者です」というのも場合によっては大ひんしゅくを買う。「平和が好き」「日本文化が好き」「日本人が好き」。それぞれはなんの問題もないのに、「愛国」はダメなのだ。

部屋を出た草波はスマホで時間を確認した。数時間質問されていたように感じたが、まだ三十分も経っていなかった。残された時間は限られているのだから、三十分は貴重だ。

村中のいる会議室に戻る道すがら、専用メールアドレスの管理者を思い出した。論文に関する問い合わせは学部単位で受け付けるようになっていた。学部のＷＥＢは担当が持ち回りになっており、あの当時は村中だった。ＷＥＢの作業を何度か手伝わされたことがあるので覚えている。戻ってさっきの連中に教えた方がいいかもしれないと思ったが、時間がもったいないので止めた。確認すると言っていたし、もし草波が教えてもやはり確認するだろう。自分が伝える必要はない。

第2章

11:00

アレクセイ

警察庁からインターネット安全安心協会という外郭団体に出向していた吉沢保《たもつ》は急に本庁に呼び出された。インターネット安全安心協会は、インターネットを安全に利用するための教育活動を行うための協会で、平たく言うと警察庁からの天下りのための組織だ。まだそんな年齢でもない吉沢が、そこにいるのはいささかわけがあった。

プロレスラーか、アメフトの選手と見まごうばかりのがっしりした体軀に、強い意志を秘めた猛獣のような目、身につけたダークスーツは今にもはちきれそうだ。

殺風景な会議室で吉沢と向かい合ったサイバーテロ対策推進室の葛城《かつらぎ》は、終始下手に出ていた。事前に自分の噂を聞いたのだろうと吉沢は推察した。数々のサイバー事件を解決に導いた辣《らっ》腕《わん》という評価がある一方、強引で乱暴なやり方には反発も多い……そんなところだ。

自分を支持するお偉方も少なくないが、中にはひどく毛嫌いしている者もいる。ある事件でミスしたことがきっかけで、外郭団体に島流しになった。

「いやあ、こういうのは公安の仕事じゃないですか？　なんで僕に？」

吉沢はにこにこ笑っているが、目は笑っていない。なにより全身からにじみ出る暴力的なオーラが拒絶を示している。

「本来ならインターネット安全安心協会に出向中の君に頼める仕事ではない。だが、今は緊急事態だ。協会関係者には話を通してあるから、引き受けてほしい」

「ですから、なぜ僕なんです？」

吉沢は食い下がる。本来なら、適当なところで折れて言うことを聞くべきだ。それが組織のはずなのだが、この男にそういう理屈は通じない。

「他にアンダーグラウンドに通じた職員ですぐに動ける者がいない」

「公安はなにをしてるんです？」

「彼らは彼らのリストをしらみつぶしに当たってるよ」

目が泳いでいるのは公安とは連絡を取り合っていないからだろう。リストをしらみつぶしに当たっているというのは憶測にしか過ぎないと吉沢は確信する。

「それにしても日本国内に今回の事件に関係しているテロリストがいるんですか？」

「単なる協力者かもしれない。いずれにしても公安はすでに動いている」

やっと少しわかってきた。公安が動いているから、国内でなにかあるとあたりをつけたのだろう。しかしなにも思いあたるものがないので、困った挙げ句に出向中の自分を呼び出した。吉沢の頭の中が少しずつクリアになってくる。

「うーん。依頼していただいても、全く心当たりがないんですよね」

引き受けるつもりの吉沢ではあるが、もっと情報がほしい。事情がわかった上で動きたい。

「以前、サイバーテロを未然に防いだことがあるだろう。君ならなにか見つけられるんじゃないかと強く推す声があった」

警察庁には吉沢のシンパとアンチの両方がいる。シンパの人間が冷や飯をくわされている自分を呼び戻すきっかけになればと思って推薦してくれたらしい。

「あれは革命家を気取った子供を確保しただけですし、たまたまです。僕の仕事はテロリストの監視や逮捕ではないですからね。お役に立てるかどうかわからないなあ」

葛城は自分で気づかずにぼろぼろいろんな情報を漏らす。

「そんなことは重々承知している。火急の事態ということはわかってくれるだろう」

「しかし、いったいどこからなにを調べればいいのか……」

「こちらには当てがないので、アンダーグラウンドの情報収集や君の知っている組織や個人で最近目立った動きや変化があったものをピックアップしてみてはどうだろう？」

「うーん、公安は動いているんでしょう？　そのへんは公安も知ってると思うんですけどね」

「はっきりとは言わないが、あまりあてがないんじゃないかな」

本当に適当なことを言ってると吉沢は思ったが、あきれた様子はおくびにも出さず、気になっていたことを口にしてみた。

「僕も全くあてがないんですよね。あれ？　そういえば、あのデータは公安が手に入れたんでしたっけ？　直近で気になる動きといえばあれがあった」

「あのデータとは？」

「アレクセイのハードディスクですよ」

「なんの話だ？」

アレクセイこと上原哲平《うえはらてっぺい》は生粋の日本人だ。東京大学入学後、国際情勢とジャーナリズムに関心を持ち、卒業しても就職せず、フリーライターの道を選んだ。中国語、ロシア語を始めとする数カ国語に通じ、インターネット黎明期からハッカーとしても世界で活動していた。ハッキングに関する著書も多数ある。

たぐいまれな語学力を生かした情報収集能力は日本はおろか世界でも屈指のものとされ、公安や防衛省などが情報収集と分析を依頼していたという。

そのアレクセイが死んだ。死因は心不全。心不全というと、ちゃんとした病名のようだが、ほとんどの人間は死ぬ前には心不全に陥る。つまり他にこれといった原因が見つからない場合、日本では心不全という病名でお茶を濁す。いってみれば死因のわからない不審死なのだが、司法解剖を滅多に行わない日本では心不全という無意味な病名をつけて処理してしまう。

彼の死後、公安を始めとするいくつかの組織が彼の残した数テラバイトのデータを手に入れようと暗躍したが、結局遺族に引き取られ、そのまま葬られた。だが、それがそうはなっていないことを吉沢は知っていた。懇意にしているハッカーが教えてくれたのだ。アレクセイのハードディスクは友人の手にひそかに渡り、その友人は代わりにダミーのハードディスクを残しておいたという。このディスクの入手が鍵となる。

「アレクセイはなんで死んだんですかね？」

アレクセイの死には不審なところが多い。殺されたのだとすれば、なんのために誰が殺したのか？

「病死のはずだが」

「ほんとは違うでしょう？　解剖したら病死じゃないってわかるから、しなかったんでしょう」

「不審な点がなかったから解剖しなかったと思うよ。予算は限られてるんだ。ちょっと気になったくらいで、いちいち解剖なんかしていられない。わかってるだろ」

「ちょっと……ですかね。アレクセイが死んだっていう時点で、僕なんかいろんなことを考えちゃいますけどね。なにも考えない鈍感な人がうらやましいなあ」

吉沢は頭の後ろで手を組み、椅子の背に身体をもたれかけさせてのけぞった。

どうやら、こいつはアレクセイのことを本当に知らないらしい。

「あれと今回の件になにか関係があるのか？」

「あれは百科事典みたいなものですからね。全然見当違いの可能性の方が高いと思いますけど、あの中になにかあったのかもしれない。確か、どっかが内々にコピーを入手したって聞いたこともあるんで調べてみますかねえ」

「少しでも可能性があるなら調べてみてくれ。いま、どういうことになっているかわかっているだろう」

吉沢の煮え切らない態度に相手は少しいらだっているようだ。

「ダーティボムですよね。爆発したって、すぐには死なないから大丈夫ですよ。安全ですってずっと言ってればいいんじゃないですか？」

相手が誰であろうと平気で揶揄《やゆ》するのは吉沢の悪い癖だ。相手のいらだちは容易に怒りに変わる。キャリアは特にそうだ。

「バカ野郎！　国民の安全が脅かされてるんだぞ」

「はいはい。やるだけやってみます。でも、期待しないでくださいね」

「よろしく頼む」

「ひとつ言っていいですか？」

「なんだ？」

「僕に頼むなら、最初からみなさんが集まって知恵を絞ってる会議に参加させるべきだったと思いますよ。会議に参加してる連中なんかにろくなことできない」

吉沢はそう言うと、相手の返事を待たずに立ち上がった。

＊　＊　＊

加賀不二子《かがふじこ》は、その日仕事を休んだ。休めるような状況ではなかったが、仕事をする気になれなかった。会社には体調不良とメールで一方的に連絡を入れただけだ。今頃、怒っているだろう。だが、もうどうでもいい。いつ辞めてもいい。

昼すぎまでベッドの中でごろごろし、起きると池袋のマダムシルクというカフェへ向かった。西池袋のうらぶれた路地の地下にある昏《くら》い店。場末感漂う池袋でも、特にこのあたりは垢抜《あかぬ》けない呑み屋や風俗店が多い。その中でもマダムシルクは、よくいえばアンニュイ、悪く言えばやる気のなさでは見るべきものがある。

外見的特徴にとぼしい不二子は人込みにまぎれやすい。池袋の田舎くさい雑踏に埋もれると安心する。百六十センチという半端な身長、きれいでも醜くもない容姿、可もなく不可もない頭脳と体力、中学生から高校生にかけてドロップアウトしていった知人や、逆に高級官僚への道を順調に進み出した知人を見て、自分のような人間はどちらにもなれない。これまでなにをしてきたのか、これからどうなるのか情けないくらいにわかりやすいと思っていた。

マダムシルクは不二子にとっては学生時代からのなじみだ。要町に住んでいることもあって、よくここに来る。料理や客あしらいはお世辞にもよいとは言えないが、妙に落ち着くのでつい足が向いてしまう。たまに見かける常連もなにか理由があって通っているというよりも、雰囲気に浸りに来ているのだろう。最近は週に数回寄っている。

来ても誰かと会うわけでもなく、なにをするでもない。不意にママから話しかけられることもあるが、会話は長続きしないし、それを目的に来るようなものでもない。ただ、ぼんやりと時間が経つのを待ち、眠れそうな気分になると席を立つ。

もちろん時間をもてあます。あまりに手持ち無沙汰なので本を読むことにした。窓のない暗い店内では紙の本を読むのが難しいので、もっぱらキンドル（kindle）を使っている。

「不二子ちゃん、どうもー」

地下に続く汚れた暗い階段を降りると、ママがけだるい挨拶で迎えてくれた。黒い服を着たドライフラワーのような美しさを持った女性。怠惰な雰囲気が不二子には居心地いい。こまごまと気を遣われるとかえって萎縮する。

他に客はいない。壁には古いポスターが貼られ、時代錯誤しそうになる。黒と褐色の支配するくすんだ空間。不二子は、仄暗い照明を避ける影のひとつになる。

ハートランドビールと焼きうどんを注文し、読みさしのキンドルを取り出して読書を再開する。

本を読んでいても気はそぞろだ。はっきり言っておもしろくない。きっと本そのものはおもしろいのだろう、評判のよい本を選んだのだから。自分の頭がついていかないだけだ。あのことがあってから、なにごとにもその影がつきまとって楽しめなくなった。

なにもしないでいると危険だから本を読んでいるだけだ。今の不二子にとって退屈は危険だ。スマホのゲームでもよかったのだが、大人が課金してあんな子供だましに夢中になる神経が理解できないし、理解したくもないのでやめた。

なにもしないでいると、あの時のことがフラッシュバックする。動悸が激しくなり、呼吸も苦しくなる。後悔はしていないが、不安がとめどなくあふれてくる。

強くならなければいけない。自分はこの十字架を背負って生きていかねばならないのだから。

もしかしたら海外に出た方がいいのかもしれない。気分も変わるし、日本にいるよりも安全だ。何度も考えた選択肢だ。そのたびに、生きていける自信がないと却下する。知らない環境に足を踏み出すのは怖い。それではいけないとわかっているが、いつも躊躇してしまう。

たいていのことに倫理的な抵抗はない。心理的な抵抗はある。それさえ乗り越えてしまえば、きっと誰にもばれないでうまくやりおおせられる。そう思って実行した。うまくいってるじゃないかと自分で自分をほめたい。


不二子は西池袋の私立大学に通っていた。なんとなくよいイメージを持っていたから受験してみたのだけど、入学するといかに自分が適当に大学を選んでいたかわかった。目立った不祥事こそないが、ぬるい空気が充満している。それを象徴しているのが、大学付属の高校からやってきた人間たちだ。

「ええと、まあ付属にはわからないだろうけどな」

講義を受けていると時々教員たちが思い出したように皮肉をつぶやく。最初が意味がわからなかったが、それが付属高校から来た学生たちをバカにしているのだと後で教えてもらった。

だが、教員たちを責めるわけにはいかない。なにしろ分数の計算もできない学生が当たり前なのだ。うんざりする気持ちもわかる。高校から付属に入った学生は受験経験があるのでまだまともだ。幼稚園からエスカレーターであがってきた連中ときたら学力はもちろん社会常識も欠落している。学校でも家でも甘やかされて育ったことがよくわかる。

よく言えばお嬢様、お坊ちゃまなのだが、そのレベルが中途半端だ。セレブというほどの金持ちでもなく、貧乏でもない。中の上か、上の下のランク。それがまた大学全体に漂うぬるい雰囲気に妙になじむ。

入学した時から就職を意識していたつもりだったが、気がつくとぬるい雰囲気に飲み込まれ、中堅のシステム会社に就職することになった。公務員か教員になろうと思っていたが、ことごとく挫折した。

こんなはずじゃなかったと言いたかったが、口にしたくない。どんな結果であろうと、自分が招いたものなのだ。受け入れて、次へ進まなければいけない。

システム会社では、がんばるつもりだったが、挫折の連続だった。男女の給与に格差があり、昇給やボーナスにも差がある。同じ仕事をしているのに、違う意味が理解できなかったが、訊くことも抗議することも意味がないと先輩から諭された。

職場の同期には親しい友達はできなかったが、唯一親身になってくれる先輩がいた。不二子の五つ年上で、マネージャーをまかされていた。美人で頭が切れ、なにごともてきぱきとこなし、面倒見もいい。なぜか特に不二子に目を掛けてくれていた。姉というものがいたら、こんな感じだったのだろうと頼もしく思っていた。

しっかり者だったので、いろいろな業務のしわ寄せが集まり、いつも忙しくしていて、彼氏もできないとぼやいていた。周囲は話半分で聞いていた。美人だし、面倒見もいいから彼氏がいないはずはないと思われていた。

仕事帰りによく呑みに行った。愚痴をこぼし合ったり、将来なにをしたいか話し合ったりした。他に親しい友達のいなかった不二子にとってかけがえのない友達であり、姉のような存在だった。

その先輩が死んだ。風邪をこじらせて、自宅で休んでいる時にぜんそくの発作に襲われた。たったひとりで苦しみながら死んでいったと思うと胸が詰まる。行き場のない怒りと憎しみを覚えた。

彼氏と名乗る男性を斎場で見た時、駆けていってなじり、顔をひっぱたいてやろうと思っていた。なぜ、看病してやらなかったのか、それがダメなら病院に連れていくとかできることがあったはずだ。不二子は同じ理由で自分を責めていた。

だが、その男はあまり動揺しているようには思えなかった。それが許せない。こういう場で明るく振る舞うのはマナー違反のような気がするし、なによりも先輩のことで落ち込んでいないのが気にくわない。

気がつくと不二子は、男に向かって歩きだそうとしていた。殴る、責める、罵る……ぐるぐると熱くどろどろした思いが渦巻いていた。

「やめた方がいい」

突然、腕をつかまれた。同期の男性社員だった。振り払えない。己の非力さが悔しい。

「……なんでわかったの？」

「わかってないよ。ただ、なにかやりそうな雰囲気してたから。かなりヤバいオーラが出てた」

「止めなくてもよかったのに」

「止めないとなにするかわからない感じだった」

「私の勝手でしょう」

不二子にしては珍しく突っかかった。普段ならなにを言われても適当に受け流す。その日は本当に気が立っていた。先輩の最期があまりにも寂しく、いつか自分もああなるのではないかという不安をかき立てたからだ。

「気持ちはわかるよ」

その言葉で怒りが爆発した。目の前の男を殺したいと思った。なにがわかるというのだ。ひとりで死んでいった先輩の気持ちがわかるのか、そうまでして働き続け、追い詰められた精神がわかるのか、同じように死ぬ不安がわかるのか、お前もひとりでぜんそくの発作を起こして自分の人生を悔やみながら死んでみろ。「わかる」なんて言葉は、その後で使え。

不二子は無意識のうちに、バッグを開けて中を探っていた。自分がなぜそんなことをしているのかすぐにはわからなかった。ややあって、男を殺すための道具を探しているのだと気がついて、ぞっとした。自分で自分が怖くなった。

「悪いこと言ったかな。悪気はなかったんだけど」

不二子の様子が尋常ではないことに気づいた男が申し訳なさそうにつぶやいた。悪いこと？悪気はない？　そうだ。目の前に男に罪があるわけではない。世の中がそういうふうにできているのだ。でも、申し訳ないと本当に思うなら、何人でもいいから他の男を道連れにして死んでくれ。男が減った方が世の中が暮らしやすくなる。

不二子の頭の中には憤怒と憎悪の嵐が吹き荒れていた。とにかくここを離れよう。さもないとなにをしでかすかわからない。これまでずっと大人しく静かにしてきたのだ。ここで壊したくない。

「私、これで失礼するね」

不二子がそう言うと、男は少し驚いた顔をした。

「この後、同期で呑みに行くかって話をしてたんだけど」

「ごめん。ちょっと用事があって……」

「そうか、なら仕方がないな」

その表情を見た時、もしかしてこの男は自分に好意を持っていたのかもしれないと少し思った。でも、そんなことは関係ない。それに人に好かれるような容姿も性格もしていない自分に言い寄ってくる動機は、お手軽にセックスできそうという下心しかないだろう。やさしくすればワンチャンあるかもというチャラい男を相手にしたくない。セックス相手には不自由していない。

先輩の死は不二子に自分の未来を突きつけた。現場を見たわけではないが、頭の中にくっきりとイメージが浮かぶ。ひとりきりの部屋で、発作に苦しみもがく先輩の顔は、じょじょに自分の顔に変わっていく。

人はいつか必ず死ぬ。このまま生きていたら、惨めで救われない終わり方をするだろう。それは嫌だ。子供の頃から、このままだとダメだなと思いながら、流され、社会人になってしまった。ここでなんとかしなければいけない。さもなければ先輩のように孤独死するしかない。

不二子に結婚という選択肢はなかった。自分の未来を他人に託すなんて恐ろしいことはできそうにない。心から好きで信頼できる人が現れたら、そう思うのかもしれないが、これまでそんな人物はいなかったし、これからもいないだろう。

贅沢をしたいわけでも、好き勝手したいわけでもないが、こうじゃないと思いながら流されて不満をいだいて死んでいくのは嫌だ。周囲を見ると、結婚している女はたいてい不満と後悔にまみれている。そうでない女は自己欺瞞《ぎまん》の塊だ。ああはなりたくない。

長生きはしたくない。自分はきっと裕福にはなれないだろうけど、なんにも楽しいことのない困窮した毎日を送るくらいなら、短くても楽しい方がいい。

頭ではそう思うのだが、実際には昨日と同じ日々を送っている。このままなにもしないのは、緩慢な死と同じだ。生きているなら、なにかしなくては……先輩の死をきっかけになにかを変えようとした。だが、結局なにも変えられなかった。暗澹たる不安を抱きながらなにもできずに二十六年間を生きてしまった。

だが、不二子は一歩を踏み出すことになった。背中を押したのは、借金だった。パチスロにはまった母が作った三百万円の借金をなんとかしなければならないと泣きつかれた。もう実家に帰るつもりはないから断ってもよかった。でも、むげに断ることができずに、なけなしの貯金百万円を渡した。

足りない分もなんとかしてほしいと頼まれて決心した。断らなかったのは、これが変わるきっかけになるかもしれないと思ったからだ。親への感謝や同情はこれっぽっちもない。

大事にされた記憶よりも、三つ違いの兄をえこひいきしていたことを覚えている。親は自己満足のために自分を産んだのだろうが、大学まで出してくれたことは感謝に値する。頭ではわかっているので、表向きそのように振る舞っているが、実家に帰って顔を合わせるたびに、両親になんの感情も持っていない自分に気がつく。憎しみも愛情もない。

もはや両親は他人より他人だ。娘である自分にひどいことはしないことがわかっているから、他人よりケアする必要もない。近寄ると、うざったい話をしてくるから、死ぬほど疎遠になりたい。

これまではなにかにつけて、顔を見せろとぐだぐだ連絡してきたが、借金の肩代わりをしてから母親は不二子に頭が上がらなくなった。忙しいから連絡しないでよね、と言いやすい。完全に他人でいられる。

あれをしたことは、後悔していない。全てがうまくいっている。ただ、時々苦しくなるだけだ。それと、妙に時間をもてあますようになった。以前は、会社を出て、はっと気がつくと深夜零時を過ぎていたものだが、今は時間の流れを長く感じる。マダムシルクに頻繁に足を運び、本を読むようになったのもそのせいだ。

自分の部屋にひとりでいると、ヒマでしょうがない。テレビはつまらないし、ゲームもあきた。なにもしないでいると息が詰まってきて、あれを思い出す。

＊　＊　＊

草波が会議室に戻ると、村中はノートパソコンを開いてなにかやっていた。草波を見ると、「会議が休憩に入ったので、メールをチェックしていた」と説明する。「尋問はどうだった？」

村中は笑みを浮かべて訊ねてきた。もとより尋問というほどのものではないことは承知の上だ。

「おっしゃるように形だけのものだったみたいです」

答えた時、ふとある疑問が湧いた。まさかと思ったが、席に腰掛けながら村中の顔をじっと見て質問した。

「あのですね。もしかしてなんですけど。卒業後も僕のことを監視してたんですかね？」

「なぜそう思ったのかな？」

村中の顔にいたずらっぽい表情が浮かぶ。やはりそうだった。しかし、なぜだ？

「いや、だってそうでなかったら、もっと詰問すると思うんです。それに卒業後のことも根掘り葉掘り聞かれるはずです。でもなにも訊かれなかった。そもそもこの場にいる時点で、監視されていて安全が確認されている人物ってことなのかなと思いました」

普通なら民間人に過ぎない自分が、こんなところにいられるはずはない。村中の紹介であることや、防衛大学校出身ということを考慮しても、あの会議に参加するのは無理がある。

「その通りだ。卒業後、君に監視をつけるように僕が提案した」

あまりの驚きでまじまじと村中の顔を凝視した。恩師に要注意人物と思われていたことが衝撃だった。自分は村中に信用されていたと思っていたのは間違いだったのか。

「先生が？　僕を疑っていたんですか？」

「そういうことではなくて、いつか戻ってくる時にスムーズに受け入れられるようにってことだよ。実際、とてもスムーズだっただろう？」

「確かにそうですが……」

理由を聞いてほっとした。それにしても村中は底が知れない。飄々《ひょうひょう》とした外見とは裏腹に常に先の先を読み、先手を打つ。その見識には学生時代何度も驚かされた。草波の論文を目にした時、いつか類似の事件が起きると予測し、草波をすぐに呼び戻せるように監視を提案したとしてもおかしくない。

普通の人間はそこまでこれから起こる物事を予測して先手を打たない。予測したとしても、起こらなかった時のことを考えて躊躇する。村中には、それがない。自分の予測に自信を持っているのだ。

「君自身がどう考えているかわからないが、これからの日本にとって必要な能力を持った人材だと僕は考えている。君が残らなかったことはとても残念だったよ」

村中が窓の外の景色に目を移して、つぶやいた。恩師にそう言われると照れくさく思う一方で、申し訳なくも思う。

防衛大学校に入学した当時のことが頭に浮かんできた。草波は国防にも戦争にも興味はなかった。ただ、このまま普通に大学に行ってよいものかどうか迷った挙げ句、他の人とは違うことをやってみたいという単純な理由で防衛大学校を選んだ。

合格してから入学するまでは早まったかもしれないと少し不安だった。周囲が愛国心に満ちたいかつい人間ばかりだったら、自分のようにあまり深い考えなしに入学したものはつまはじきにされかねない。

それは杞憂《きゆう》だった。防衛大学校の学生といっても、普通の大学生とそんなに違いはない。愛国心に燃えている者もいるが、決して多いわけではない。戦争や軍隊に関心を持っている者も同様だ。実際、卒業後民間企業に就職する者も珍しくない。

だいぶ気が楽になったが、おかしなものでそうなるとかえって日本という国のことが気になるようになってきた。友人に真面目に国のあり方を語る人間がいたことや、講義の内容に影響されたこともあるかもしれない。

それまで国というものを漠然としか意識したことがなかったし、将来をイメージする時に自分という個人の姿しか浮かんで来なかったのが、あるべき国の姿を真面目に考えるようになった。その思索の結果のひとつが、あの論文だ。韓国原発ジャックのシナリオを題材として、国防のあり方の試論を展開した。その結果、想定していなかった壁にぶつかった。

「ありがとうございます。自分もできれば残りたかったんですが……」

当時のことを思い出すと、若かったと思うが、だからといって今の自分だったら別の選択肢があったかというと、そんなこともない。この国の国防というのは常に隘路《あいろ》だ。それに加えて、アメリカを中心とした各国はアクティブ・ディフェンスという概念に基づく国防態勢を構築しつつある。「ディフェンス」という言葉を使っているものの、その実態は先制攻撃だ。相手が攻撃してくる可能性を感じたら、防衛のための先制攻撃を行う。日本には絶対にできない。だが、周囲が全てアクティブ・ディフェンス態勢に移行してしまったら、日本は一方的に攻撃を受けるだけになる。

日本の隘路は自衛官としての草波の隘路でもあった。彼は回答を見いだすことができずに、民間企業に身を投じた。

「うん。わかってる。あの時、ここに残っても君のやりたいことはできなかっただろうし、能力を生かせる場面も限られていた」

その後に、「これからは違う」と言ったような気がした。確かに、これから草波が残したシナリオのような事件が続くとすれば、力を発揮する場面は格段に増えるだろう。

あまり想像したくないが、一度起きてしまった以上、やればできることが知れ渡った。後に続く者が出るのは必至だ。防ぐためには、アクティブ・ディフェンス態勢の構築が必要だ。

「また、始まるようだね」

村中の言葉で草波は再び画面に目を移した。

テレビ会議は、新しい情報の報告と確認から始まった。主として、リアンクール・オペレーションの気球の制御の情報の整理に関するものだ。

誰が主導権を握っているのかよくわからない。あえて言うなら事務局、内閣官房の職員だ。官公庁の委員会や研究組織のほとんどは、事務局がシナリオと結論を用意してある。関係省庁から人が派遣され、名前の通った人物が招聘《しょうへい》されて意見を交わすが、座長に事前のシナリオが渡され、さらに説明会と称した準備会合まで行われる。とんだ茶番だ。
その茶番のおかげで、本当の有事の際に関係機関をとりまとめ、意見調整を行える人材がいなくなる。草波は苦々しい思いで迷走する会議をながめていた。

さきほどから新しいニュースや連絡が表示されているが、重要なものは口頭でも報告があるので他の話や作業をしていても大丈夫だ。発言する者はいない。どうやら向こうで参加している各人もそれぞれの現場の状況を確認しているらしい。
突如画面が切り替わり、テレビ会議の説明が始まった。なにかがわかったようだ。

——たった今最新の情報が入りましたのでお伝えします。百基の気球のうち、十基はテロリスト自身が確保し、現在も第二古里原発上空にあり、上昇を続けています。それ以外の九十基は制御が奪われていると思われます。全てにアクセスしてパスワードが設定されていることを確認しました。韓国とアメリカからは制御を奪った気球のリストがきました。こちらからも政府機関で制御を奪ったものについてリストを渡してあります。

画面に表示された一覧表は、極東とサイバー戦争に強い関心を持つ組織の一覧だった。韓国、日本、アメリカ、中国、イスラエル、ドイツ、ロシア、イギリス、オーストラリア、インドなどの名前が並ぶ。その中にアノニミティやサイバー軍需企業の名称が交ざっている。世界中がこの事件に注目していることがあらためてわかる。

——画面をご覧ください。九十のうち、アメリカ政府関係機関が合計で八、韓国が二、我が国が三、カナダとオーストラリア、イギリスがそれぞれ一です。それ以外は公式に連絡がありません。アメリカからの情報によると、中国やイスラエル、ドイツ、ロシアも制御を奪っているようです。一覧表には推測でそれらの国名もいれてあります。

淡々とした口調で説明が続く。官僚らしくないよどみのない話し方だ。間に不要な、「それはですね」「それでは」「その点につきましては」といった言葉をはさまない。

——気球とインターネットの接続を遮断できないのか？

いらだちまぎれの声が話を中断した。

——遮断すると、爆発します。テロリストの言う通りなら。

説明していた人間が、落ち着いた口調で答える。発言者も無理なことはわかっているのだろう。思わず口にしただけに違いない。通信を通しても向こうの会議メンバーのいらだちと焦りが伝わってくる。

——待ってくれ。なんでガーゴイルやマイクロ・オペレーションがないんだ。彼らが出てこないはずはないだろう。

確かにその通りだ。ガーゴイルはサーチエンジンを中心とした世界最大級のネット企業で、近年サイバー軍需企業化が進んでいる。マイクロ・オペレーションは世界最大の基本ソフトＯＳメーカーであり、それにとどまらない広範な事業や活動を展開している。ＦＢＩなどと共同でサイバー犯罪組織のテイクダウン作戦を実施したのもそのひとつだ。この事態に反応しないはずがない。そもそもテロリストはガーゴイルの気球とドローンによるインターネット通信を利用している。なにかやらないはずはない。

——その点はこちらからも質問しました。答えられないと返ってきました。おそらく、誰が制御を奪ったのかわからない気球のいくつかはガーゴイルやマイクロ・オペレーションの手に落ちているのでしょう。この事件への関与を知られたくないので伏せているのだと思います。

一覧表のブランクの欄に目がいく。どれがガーゴイルでどれがマイクロ・オペレーションなのだろう。

――なぜだ？

――私の推測ですが、失敗した時のダメージが大きいからだと思います。彼らが出てくればニュースになり、当然期待されます。なにもできませんでした、気球は爆発しました。ということになれば非難されるのは間違いありません。

その通りだ。民間企業に過ぎないガーゴイルやマイクロ・オペレーションにはこんな危険な作戦に首を突っ込む必要はない。それでも今後の布石のためにやるだろうが、表だってはやらないだろう。

――サイバーセキュリティ会社が気球の制御を奪ったことをブログや掲示板でアナウンスしています。フィンランドのエフセキュア社とロシアのカスペルスキー社です。

声と共に一覧表のブランクの欄にエフセキュアとカスペルスキーの名前が入り、会議室のどよめきが伝わってきた。「なにをするつもりだ？」「こっちには連絡なしか？」といった声が上がる。

——気球の制御を奪った組織は解析を行っていると思われます。エフセキュアとカスペルスキーから連絡がありました。これから解析作業を行い、結果は連絡する。できるだけの協力をしたいといった内容です。

さすがに早い。どちらの会社もアンチウイルスソフトを開発、販売している。アンチウイルスソフトは、その性格上、二十四時間三百六十五日世界中のいたるところで発生するウイルスをリアルタイムで解析して、その結果をもとにワクチン開発などの対策を講じなければならない。その態勢があればこその今回の素早い対応なのだろう。

国産のアンチウイルスソフト企業があるというのは、国としてのサイバーセキュリティの水準の目安になる。ほとんどの先進国には国産のアンチウイルスソフト会社があるが、事実上、日本にはない。本社が日本にあっても開発拠点が海外だったりする。リアルタイムでサイバー攻撃が行われている現状を考えると心許ない。

——我が国も総力を挙げて解析作業を行っています。短時間で相手の使用しているシステムの内容は判明するはずです。

――解析できるんですか？　どうやってやるんです？

質問が飛んだ。せいぜいわかるのはOSと通信関連のドライバやツールくらいだろうと草波は思った。システムそのものの中身がわかるほど、お手軽なものとは思えない。

詳細を確認するためには、ハッキングして中をのぞくしかないはずだが、この短時間にできるのだろうか？　サイバーセキュリティのイベントでは短時間にハッキングする達人が出てきて驚かされるが、実際にその場で見つけるわけではなく多くは事前にある程度知識を持っている。場合によってはすでに脆弱性を発見し、隠し持っていたりする。

――詳細については存じません。一時間以内に特定と確認を完了するとだけ連絡がきました。OSはまもなく特定されるようです。いえ、すでに特定されていますが、念のため全てについての確認を行っている模様です。解析がひととおり終わったら、現在動いている制御プログラムをハッキングし、爆発なしで着地させるようにしようとしています。

気球をハッキングして爆発しないようにする。妥当な発想だが、犯人だって対策を用意しているはずだ。

――気球へのコマンドは開示されてますよね。緊急事態なんです。通信を途中で乗っ取ってニセの命令を送ってどこかの砂漠におろせばいいでしょう。爆発するかもしれませんが、砂漠地帯なら被害を最小にとどめられる。

誰かが発言した。草波も似たようなことを考えた。だが、現実には難しい。どこの国だって自国内を汚染されたくない。今のところは韓国の国内の事件なのだから、本来なら気球も国内で処理するなり、撃墜しなければいけない。最悪の方法は日本海に気球を誘導して爆破する方法だが、やられてもおかしくない。

——その案はかなり前に却下されました。ふたつ問題があります。まず、韓国の国内には、この規模のダーティボムを処理できるような地域はありません。近隣諸国のたとえば砂漠のような場所に誘導して着地を試みるという案もありましたが、短時間に近隣諸国の了解をとりつけるのは不可能という結論になりました。近隣諸国というのは、つまり中国、ロシア、北朝鮮、日本です。

近隣諸国の名前を聞いただけで、とんでもなく面倒な場所だとわかる。

——いや、中国ならなんとかしてくれる可能性がある。

発言者は嚙《か》みついた。無理だと草波は思う。可能かもしれないが、中国はぎりぎりまで引っ張って、最大限の条件を引き出すだろう。いまやる意味はない。それにそもそも日本には交渉の権利などない。

——可能性があるかどうかは別として、韓国はそう判断しませんでした。本件について交渉できるのは韓国政府だけです。我が国はあくまで第三者でしかありません。どんなによい案が出ても助言という形で連絡する以外の方法がないんです。

それはそうだが、気球が爆発した時、日本も被害を受けるのは間違いない。それなのに当事者ではない。やはり納得できない。

「僕らがこうやっているのは、万が一韓国政府から協力要請があった時にすぐに対応できる態勢を作っておくのと、爆発した際の事後処理態勢を作っておくためだよ。前者については望み薄だけど、やるべきことはやっておかないとね。あと犯人を探すってのもいちおう目的だね」

村中は淡々とした口調で草波に話す。

「事後処理態勢はどうなっているんです?」

ダーティボムが爆発した場合、どれくらいの被害が想定されるのか気になるが、前提として何基の気球がどの位置で爆発するかがわからなければ算出も困難だろう。風向きなど天候も影響する。

「そっちは原子力規制庁が中心となって準備が進めている。自衛隊の一部も連携して放射性廃棄物処理や救援物資輸送の用意をしている。もっとも気球がいくつどこで爆発するかによって対象範囲と規模が全く変わるから準備のしようもないと思うのだけど」

「なにもできないんですか！」

「想定できる範囲のことはするけどね。あくまでもこちらで想定できる範囲だ。僕らがなにもできないことは、君が一番よく知っているだろう。そもそも事件が起こる前には、考えることも準備することも許されていなかったんだからね」

いらだちを覚える草波と対照的に村中は冷静だ。

「それよりも」と村中は草波の肩を叩いた。

「目的に思いあたることはないかな？　リアンクール独立はカモフラージュに過ぎないだろう。国をまたいだテロと対峙しても日本からはなにもできないことは君のシナリオ通りだ。動機と目的がわかれば、もしかしたら、できることがあるかもしれない。今の君に期待されているのは、相手のシナリオを先読みすることだ。君は犯人たちよりも前に同種のシナリオを考えついた人間だ」

「しかし、それがわかっても結局韓国国内の事件でしかないから手出しできないでしょう」

確かに村中の言う通りなのだが、果たして目的がわかったとして打つ手はあるのだろうか？

「目的は日本に関係することかもしれないし、犯人が日本国籍の日本人なら話はだいぶ違ってくる」

村中がさらっと思いがけないことをつぶやいた。

「なんですって⁉」

草波にも、それは想定外だった。彼のシナリオのテロリストは海外の過激派という想定だ。

「あくまで可能性の話だよ」

「日本人がなんのために？　まさか国粋主義者が竹島から韓国軍を追い出すために仕掛けたとか？」

「君らしい突飛な発想だね。その可能性は低いけど、ないわけじゃない」

「ばれたら大変なことになりますよ」

「どうなるんだろうね。韓国は日本政府が裏で糸を引いているというだろうね。中国も黙っていないと思う」

「いやいや、待ってください。だって普通に考えれば韓国軍が撤退するわけないでしょう。撤退したって気球を安全に着地してくれる保証はないし、そもそもリアンクール独立なんて認められるわけがない」

いくらなんでも、こんな話はあるはずがない。もっと可能性の高い理由があるはずだ。

「しかし国際的にリアンクールがどこに所属する島なのか、判断せざるを得ない状況にはなりそうだよね。それが目的なのかな。あるいは日本と韓国の関係を悪化させて騒動を起こそうとしている連中がいる可能性もある」

村中の言葉で、あることを思いついてぞっとした。あの連中が仕掛けたとしたら、世界は大変なことになる。

「止めてください。それは国粋主義者よりたちが悪い。サイバー軍需企業が仕掛けてるってんですよね」

「僕はそこまではっきり言ってないけどね。軍産複合体がビジネスと得票のために戦争を起こすように、軍ネット複合体だってこれくらいのことはやりかねない」

「よりによってこんなとこでやらなくてもいいでしょう。恐ろしいことを言わないでくださいよ」

「それより、犯人たちの目的に思いあたることはないかい？」

「政治的目的であれば国家転覆やクーデター、独立国を作るのもそうです。あとは金。さもなければ個人的な復讐。ただ、僕は思想的背景はなさそうな気がします。犯人たちはリアンクール共和国についていろいろ語っていますが、具体的な内容が中心です。市民権の取得方法や税制などはくわしく解説されているのに、肝心の思想的背景やリアンクール共和国の目指すものについてはおざなりです。説明はあるんですが、ありきたりでとってつけたような印象をぬぐえない」

「ふむ。すると目的は金か、復讐ということか」

「正直、金が目的であればここまでの騒ぎをおこさないような気はします。各国機関が本気で犯人を捜しますから、仮にうまくやりおおせたとしてもその後の動きがとれなくなる」

「では復讐なのかな？　なんの？」

「わかりません。復讐になったとたんに、可能性が広がります。竹島、韓国政府、日本政府あるいは他の関係者がターゲットなのかもしれません。声明を読んでも復讐につながりそうな手がかりはありません」

日本と韓国に復讐したい者がいる？　おそらくひとりではない。テロの規模から考えてかなりの人数が参加している。知識と技術をもったグループだ。そんな人々を復讐に駆り立てたものとはいったいなんなのだろう？

＊　＊　＊

ブライアンは内閣官房の会議室でなすすべもなく、ぼんやりしていた。空港からここに直行して、それからずっと待っているだけだ。隣に座っている黒木は時間潰しにスマホのゲームをしている。待たされることには慣れているらしい。周囲には、各国から来たセールスマンがあふれている。みな、ブライアンと同じように急遽駆けつけた人間ばかりなのだろう。

複数の武器商人を同じ部屋で待たせるのは、ひどく野蛮だし、聞いたことがない。おそらく中は混乱の極みなのだろう。だが、このままでは仕事がとれる見込みはない。なにか手を打たなければいけない。

ブライアンは黒木の顔をまじまじと見た。そこには焦りも緊張もない。全くやる気がないのは一目瞭然だ。急がなくとも来年度の予算を狙えばいいと本気で思っているのだろう。この意識の違いは埋めようもない。

その時、ブライアンのスマホが鳴った。本社からのメッセージだ。

——やられた。韓国政府との契約は、アルファに取られた。連中は一個大隊をソウルに送り込んだらしい。

アルファといえばサイバー軍需企業の大手だ。必要があればなんでもやることで悪名を馳せている。公式には言明を避けているが、依頼を受けて他国政府のシステムに侵入し、情報を盗み出すような仕事も請け負っているらしい。

思わず舌打ちすると、黒木が訝しげな顔をした。韓国では他社が売上をとった。日本をなんとかしてとりたい。

——アルファの連中は、なにをやるつもりです？

——犯人探しらしい。気球のテイクダウンは米軍にまかせることになった。ＦＢＩとＮＣＦＴＡ（サイバー犯罪対策組織、National Cyber-Forensics and Training Alliance）になるかもしれないと思っていたんだが、テロから戦争扱いに昇格になったってわけだ。韓国側は万が一の事態への対処の準備と、犯人探しだけに注力する。

——ずいぶんあっさり諦めたもんですね。

——韓国はわかってるんだ。なにしろ、ずっと他の国に侵略されてばかりだったからな。できないことはできないことで諦めるだろ。日本と違ってな。
――犯人はわかると思いますか？
――一般論から言えば、少なくとも契約期間中には難しいだろうな。ある程度のプロファイルくらいまでわかるっていうのが目安だろう。もっと金積めば話は違うかもしれん。
――もう結末が見えてるんですか？

アメリカとアルファが関与していて犯人がわからないということがあるのだろうか？　とブライアンは首をかしげる。この事件ならアメリカはあらゆるデータを使うはずだ。ガーゴイル、マイクロ・オペレーション、ツイッター、フェイスブック、ＬＩＮＥからデータをもらい、利用履歴を参照すれば犯人は絞り込めそうだ。ＬＩＮＥのデータは韓国の国家情報院が傍受したものを入手できると聞いたことがある。

――おいおい。結末はこっちだってわかってるよ。くわしい情報を現場から入手したからな。第二古里の連中なんか不正コピーのウィンドウズ7を使ってるんだ。簡単にのぞけたから、誰が漏洩元かってのはわかったし、使われたマルウェアの検体まではうちでも入手してる。

韓国内に不正コピーがはびこっているのは知っていたが、まさか原発施設の中でまで不正コピーを使っているとは思わなかった。それにしても、乗っ取られている第二古里の中に侵入できたとは驚きだ。

——ハッキングするなんて、もろに犯罪でしょう。ばれたらどうするんです？

——違う。うちじゃない。あくまでペンタゴンにいる顧客だ。うちは全てをお膳立てしたが、エンターキーを押したのは顧客だ。実行したのはあくまでエンターキーを押したヤツだ。うちは言われた通りの準備をしただけで、それがなにに使われるのかは知らない。韓国がのろのろしてるのが待ちきれなかったんだろう。

サイバー軍需企業の常套手段だ。全てをセットアップし、エンターキーだけ顧客に押させる。それで攻撃の実行者は顧客になる。ばかげた理屈だが、それがまかり通っている。

——おそらく犯人は暗号化した通信をしている。だからどこにも引っかかっていないし、それらしい痕跡も見つかっていない。下っ端は見つけられそうだが、主犯にたどりつくのは難しいだろう。

のろのろしている日本に比べてアメリカと韓国の動きは早い。韓国国内の事件とはいえ、この違いは致命的だ、特にブライアンの商売にとっては。

――とにかくやれるだけのことを早くやれ。時間は限られているんだ。

――了解です。

――米軍のテイクダウン作戦は、まだ白紙だ。もしかすると日本経由で発注先が決まるかもしれない。そうなればお前の出番だ。

――どういう意味です？

――日本が金を出して、アメリカが使う。いつもの役割分担だよ。

＊　＊　＊

キム・チョンスはテレビのニュースを観てから落ち着かなかった。ヤバイ仕事だとはわかっていたが、ここまでとは思わなかった。そもそもＫｕｒＫｅｒの仕事そのものがヤバイのだ。違法か合法かいまだにはっきりしない。仕事を失った時に当座の食い扶持を稼ぐために始めた。手っ取り早く金になればいいくらいに思っていたのだが、思いのほか儲かるので再就職先を探さずにＫｕｒＫｅｒの仕事ばかりやるようになってしまっていた。会社勤めに比べて時間が自由になるのもいい。

ＫｕｒＫｅｒは運転代行に特化したソーシャル・シェアリングサービスだ。酒を呑んでしまった時の運転代行から旅行などで長距離を走る際の運転代行まで、さまざまな依頼がある。チョンスは運転手として登録していた。彼はトラックなど大型車両の運転経験があるので、長距離輸送の時に重宝されていた。

一週間前にソウルの郊外から釜山の郊外までの運転を依頼された。前日の夜に指定された駐車場に行くと、すでに運転すべきトラックは駐車場にあった。スマホで指示をあらためて確認する。

あらかじめ依頼者から送ってもらっておいた鍵を使って車に乗り込むと、すでにカーナビには目的地がセットされていた。手回しのいいことだ。チョンスはエンジンをかけた。

走りながらおかしなことに気がついた。同じトラックが数台いる。別に珍しい型ではないから、一台や二台がたまたま近くを走っていても不思議はない。だが、見えているだけでも五台。ぞくっとした。理由はわからないが、危険だという気がした。このまま車を停めて、警察にいくべきかもしれないという思いが頭をよぎるが、同じ型のトラックをたくさん見たというだけでは警察は相手にしてくれないだろう。

なぜ、こんなに恐ろしい感じがするのだろう？　チョンスは、しばし考えたがわからなかった。おかしなことではあるが、偶然の一致ということだって考えられる。さきほどから止まらない冷や汗の理由にはならない。

もしもこのトラックに積まれているのが爆弾だったらどうなるのだろう？　いや、釜山のあのあたりはなにもない。爆破していいことはない。だったら、いったん釜山まで運ばせた後、別の者がさらに運ぶのだろうか？　いったいどこか？　あのへんにはなにもない。

いや、あった。原発がある。それに気がついた時、血の気が引いた。仕事をキャンセルしたくなる。せめて、ちょっと積み荷を確認してみたい。だが、それはできない。プライバシーの侵害になるから禁じられている。それに危険な積み荷なら厳重に鍵を掛けている可能性が高い。

やはり警察に相談すべきか……いや、待て、韓国の警察はＫｕｒＫｅｒに否定的だ。もし大規模な犯罪に利用されそうだったことがわかったら、禁止になりかねない。そうしたら自分の仕事がなくなる。それにきっと運んだだけでも罪になる。

結局、チョンスは指示通り仕事をして、積み荷を確認せずに帰った。


あの時、積み荷を確認すべきだったとチョンスは後悔したものの、見てもなにかわからなかっただろうと自分を納得させた。仮に積み荷が気球ドローンだったとして、それを見て今回の事件を予想なんかしない。イベントに使うのかもしれないと思っただけだろう。

そんなことよりも、大事なことがあった。自分が運転代行した記録を消そう。スマホを取り出してＫｕｒＫｅｒの退会処理をしようとした、だが、途中で手が止まる。退会したからといって、記録が全部消えるわけではないだろう。じゃあ、どうすればいい？　個人情報をでたらめなものに書き換えておけばいいかもしれない。そうだ。それから退会した方が安全だ。

テレビからは緊迫したアナウンサーの声が聞こえて来る。北朝鮮の工作かもしれないと言っている。冗談じゃない。ヘタをしたら北朝鮮のスパイにされてしまう。

震える手でスマホを操作していると、玄関のチャイムが鳴った。思わず、声が出る。心臓が止まるかと思った。

朝から自分を訪ねてくるような人間に心当たりはない。出ない方がいい。そう思って玄関を見ると、激しいノックが始まった。

「キム・チョンス！　いるんだろ。開けろ。警察だ」

悲鳴をあげそうになり、あわてて口を押さえる。逃げなければ。北朝鮮のスパイなんて疑いをかけられたら、なにをされるかわからない。親にも迷惑がかかる。

全身から汗が流れる。立ち上がろうとしたが、うまく足に力が入らずバランスが崩れる。よろけたところで、玄関が開いた。

「キム・チョンス！」

数名の警官が怒号とともに部屋に飛び込んできた。

＊　＊　＊

画面の向こうからざわめきが聞こえてきた。なにかあったらしい。草波が耳を澄ます。

——韓国から連絡です。気球およびドローンの運搬に使用したと思われる車両二十三台を発見したそうです。車両は未登録の状態で工場から盗まれたもので、誰が運転していたかはわからないようです。車両以外にも、韓国内で気球やドローンに関連する業者をしらみつぶしに当たっているとのことです。

すぐに詳細の情報が表示された。まだ犯人の素性はわかっていないようだ。

――手がかりはないんだよな。

――あれば知らせてきていると思います。あるいはこちらに言いたくないものかもしれませんが。

――犯人が日本人だったら、どうなるんだ？

――韓国人でも日本人でもやっかいです。両方交じっていたら、さらに面倒で、全く関係ない国のテロリストという可能性だってあります。

――声明動画を見る限り流暢《りゅうちょう》な日本語と韓国語を話している。日本人じゃないのか？

――あれくらい話せる外国人は珍しくありません。日本語は、日本人が考えているよりは、ずっと習得が簡単なんです。

向こうの会話を聞いていた草波はぎょっとした。それは初耳だ。言葉による障壁はそれなりに高いと思っていた。

――本当か？

――韓国人の場合は、文法や発音が似ているのできわめて簡単のようです。漢字は書けないようですがね。

向こうで言葉が飛び交い、肝心のことを聞き逃しそうになる。

――続報です。車両を運転して現場近くまで運んだ人物を全員確保したとのことです。しかし、どうやらソーシャルシェアリングサービスで運転代行を依頼されただけのようで、犯人グループにつながる手がかりはまだ見つかっていないようです。

――運転代行のソーシャルシェアリングサービスだって？

――はい。ＫｕｒＫｅｒと呼ばれるもので、日本でもだいぶ普及していますよ。ご存じないですか？　違法かどうかグレーゾーンのようですが、Ｕｂｅｒのように勝手に広がっていて手が付けられません。

――待ってください。ということは運転を依頼した人物の身元確認はできないかもしれない？

――わかりません。韓国のＫｕｒＫｅｒがどういう運用になっているかは、わからないので連絡待ちです。しかし、正式に登録されている業者よりはゆるいでしょうし、だからこそ利用したのでしょう。私見ですが、さきほどから韓国側の動きが変わったような気がします。態勢を変えたか、あるいは外部の力を借りているのかもしれません。犯人の特定も時間の問題かもしれません。

草波は犯人の慎重さと狡賢さに舌を巻いた。だが、同時になにか引っかかるものを感じる。なにかがおかしい。正体を隠すために、ソーシャルシェアリングサービスを利用するのは道理にあっているようだが、なにかおかしい。

「インフラもどんどんソーシャルネットワーク化しているようだね。正体のわからない匿名の集合体が提供するインフラを利用するというのは薄気味悪くてしょうがないんだが、そう思わない人が増えている」

村中がひどくのんびりしたコメントをつぶやいた。

「安くて手軽だからでしょう。怖いと思うのはおかしいんですかね」

「インフラのソーシャルシェアリング化が進むということは、簡単に社会基盤が崩壊する可能性が高まるってことだから怖いのは当然だよ」

「嫌なことをさらっとおっしゃいますね。でも僕もそう思います」

「今回の犯人は君のシナリオのはるかに先をいってるようだ。君がもしここに残っていたらと思うよ。おそらく犯人より先のシナリオを書いていただろう」

「先生……残っていたとしても同じです。そりゃあシナリオは書いたかもしれませんけど、そこまでで結局はここで韓国からの報告を待っているだけですよ」

「まあ、そういうことになるのかな」

村中はうなずいた。それから立ち上がり、会議室の隅に置いてあるコーヒーメーカーのスイッチを入れる。

「君も飲むよね？」

「え？　僕がやります！」

あわてて立ち上がるのを村中は笑顔で止めた。

「遠慮しないでいいよ。早朝から叩き起こされてヘリでここまで来たんだ。疲れただろう。そういえばお腹は空いてない？　朝食を食べる余裕はなかったんじゃないか？」

言われて自分が空腹なのに気がついた。朝食も食べていなかった。時計の針は、正午に近い。エスの連中に拉致されてから、すでに四時間過ぎている。あまりにめまぐるしく状況が変わるので、時間の感覚がなくなっていた。

「ふむ。そろそろ昼だ。一緒に食堂に行くか」

村中はいったん入れたコーヒーメーカーのスイッチを切った。その時、さらに続報が入った。


——輸送に使われた車両を盗んだグループがわかりました。韓国内の窃盗グループで過去に何度も逮捕されたことがあります。組織化されていて、ネットで注文を受けて指定された車両を盗んで届ける商売をしていたそうです。今回もネットで注文を受け、二十三台を盗み出して届けたそうですが、その場所がどうやらＫｕｒＫｅｒで雇われた運転者が向かった場所と重なるようです。

——なんだって？　じゃあ、犯人はネットで注文しただけってのか？

——いや、中身のドローンや気球の調達ルートはわかっていませんので、そう言い切れません。

——それもネットで入手できるようなら、本当に全部ネットで手配したことになる。本当に捕まえられるのか？

——いくらなんでもどこかでリアルに手を動かさなければならないところがあるはずです。

——いや、ないんじゃないのかな？　極力それをなくしておけば、どこかで失敗しても逃げ切れる。リアルに手を出したら痕跡が残る。


村中は腕組みしてため息をつき、草波の顔を見る。違和感。草波の頭の中で、なにかが引っかかる。

「今の話をどう思うかい？　全部ネットで手配したんだろうか」

「韓国のネット事情には明るくないので、なんともいえませんが、日本では難しいでしょうね。ただ、もしそうだとしたら、追跡は困難になるかもしれません」

画面の向こうは再び静かになった。「今のうちに食べておこう」という村中とともに草波は食堂に向かった。

＊　＊　＊

スマホにメッセージが入った。本社だ。なにも成果があがっていないのでブライアンはバツが悪い。

――ブライアン、お前なにしてるんだ？

――なにって、待ってるんですよ。東京に着いてからずっと待たされてます。

――なに寝ぼけたことを言ってるんだ？　極日の息のかかった国会議員から紹介してもらったんじゃないのか？

――ええ。そういう連中が私の他に十人以上いますよ。内閣官房の待合室？　なのかな？　会議室みたいな場所で待たされてます。資料は渡してありますけど、連中はずっと会議をしてるみたいです。

――我々に依頼する以外にやることはないはずだ。押し込め。

――無茶言わないでくださいよ。同じような連中がいるんです。どうやって私だけ、特別扱いにしてもらうんです？　ここにいるのは同業者ばかりなんですよ。連中ときたら目つきが悪いくせに、態度が慇懃《いんぎん》で嫌な感じです。顔をさらすのも嫌なんですけど。きっとここにいる全員の写真を盗撮してますよ。

――お前もやればいいだろ。

――やりましたよ。顔認証のマッチングも終わって、誰がどこの会社から来てるかわかってます。報告、そっちに回ってないんですか？

ここに着いた時に、さりげなく周囲の人間を撮影して、本社に送信しておいた。本社のデータベースとソーシャルネットワーク監視システムと照合し、全員の身元は確認済みだ。

――悪い。見てなかった。ああ、なるほどな。大手は全部来てるんだ。しかもみんな日本の販売代理店と一緒とは笑える。日本人の引率者がいなけりゃ、そこにいけないのか。相変わらず後進国だな。まあいい。手土産をやる。ＯＳと制御システムがわかった。ＧＯサインが出ればどっちも乗っ取れる。

――ほんとですか？　どうやって？

――うちも気球にログインしたんだよ。ふたつの気球の制御を奪って調べた。匿名通信でも通信さえできればＯＳと制御システムを特定するのは簡単だ。セキュウィンにＲＡＤＡだ。乗っ取れる脆弱性は発売前のものも含めていくつかある。他社が同じことをやる前に、さっさと売り込め。レポートは送ってある。プレゼン資料も用意してある。

――ほんとに？　そこまでわかったら事件解決も同然じゃないですか！

――日本政府にとってはそうじゃない。直接は手が出せないからな。韓国に情報提供するか、金だけ払ってアメリカにやってもらうかのどっちかだが、やるなら後者だろう。

——了解！

スマホから顔を上げると、周囲の同業者の視線が自分に釘付けになっていることに気づいた。

あいにくだったな、この客はオレのものだ。ブライアンは、心の中でうそぶくと、黒木を伴い扉の前の椅子に腰掛けている男に話しかけた。

「折り入って緊急にお話ししたいことがあります」

第3章

11:30

ハードディスク

ピョン・ジンスは自分の仕事場である第二古里原発に近い丘の広場でなすすべもなく呆然としていた。バスに乗っていた作業員全員が、警官たちに銃を突きつけられ、バスから下ろされて、ここまで連れてこられた。広場に来ると、ジンスたちだけでなく、他の作業員たちも全員連れてこられていることがわかった。数百人はいるだろう。なじみの顔で広場はごった返していた。

スマホとパソコンやタブレットは取り上げられ、誰とも連絡を取り合ってはいけないのだと説明される。スマホでニュースを確認することもできなくなった。ゴミ箱のような巨大なコンテナに無造作に自分のスマホが放り込まれるのを見て、もう返すつもりがないのかもしれないと思う。

それからじっと広場の地面に座っている。

最初こそ緊張していたが、一時間も過ぎると落ち着いてきた。周囲の作業員と情報交換したり、監視している警官に話しかけたりするようになった。

だが、なにが起きているのかまだわからない。取り上げられる前にスマホでニュースを見た人間もいたが、言っていることがバラバラだ。とにかく想像もできないようなことなのだろうというのだけはわかる。はっきりしているのは、今日の仕事はなくなったということだ。

やがて、空に気球が昇り、みなが騒ぎ出した。なんて場違いな光景だとジンスは思った。最初は見間違いと思ったが、気球は次々と現れ、やがて空を埋め尽くすほどの数となった。広場は騒然とした。警官たちが、「静かにしろ」と怒鳴ったが、収まらない。声が飛び交い、怒りの熱気に広場が支配される。警官の回りにはたくさんの作業員が詰めかけ、満員電車のように混み合う。もともと警官の近くにいたジンスは、その場を離れようと試みたが、押しかけてくる作業員に押されて身動きがとれなくなった。このままでは自分まで過激に抗議している仲間と思われそうで怖い。

警官たちは何度か空に向けて発砲したが、効果はなかった。銃を向けられても恐れずに、口々になにかを叫んで警官に向かっていく。押されてジンスも警官たちに近づく。やめてくれ、と言いたいが、そんなことをしたらリンチにでもされそうだ。みな顔を赤らめ、血走った目で、大声を出している。黙ってうつむいているのは自分だけのような気がする。銃声が響くたびに、流れ弾に当たらないかと不安になる。「私は違うんです。ここから動けないだけなんです。警察のみなさんの邪魔はしません」と心の中で叫ぶ。

ふと気がつくと、じわじわと作業員の群れは移動していた。警官たちが押されて後進しているのだ。ジンスが背伸びして周囲の様子を見ると、警官の数が倍以上に増えていた。全員銃を手にしている。一触即発とはこのことだ。

その時、ひときわ大きな声が響いた。拡声器を使っているようだ。

「おとなしくしろ。こっちだって、お前らを殺したくない」

だが、騒ぎは収まらない。怒号にかき消されて声が聞こえなくなりそうだ。

「状況を説明するから、聞いてくれ。第二古里原発はテロリストの攻撃を受けている。あの気球には使用済み核燃料が吊られている。だが、心配するな。韓国軍とアメリカ軍が対処しているから収まるのは時間の問題だ。二十四時間以内……今からだと二十一時間後が目安だ。それまで、お前らにはここで待っていてもらう。スマホを取り上げたのは、内部で手引きした者がいた可能性もあるからだ。食料はないが、水を与える。少しくらいなら、広場以外の場所に移動してもいい。ただし、街には戻れない。すでにここから街に戻るルートは封鎖した。道路以外で人を見つけたら射殺してかまわないと言われている。無理に帰ろうとするな。騒いだヤツは射殺する。静かに待っているヤツはそのまま帰してやる。ここにいれば来た時と同じバスに乗って帰れる。わかったな！」

説明を受けて、ようやく騒ぎが収まった。ジンスはほっとした。万が一、このまま全員が射殺されたらどうしようと思っていたが、それはなさそうだ。やはり、静かにしていればいいのだ。説明の後で、飲み水が配布され、助かるような気がしてきた。もちろん、殺されるかもしれないと思うのと、助かると思うのは同じくらい根拠がない。口約束だけなのだ。

ややあって発電所が見えるという声がして、人が動き出した。ジンスも一緒に広場を出て丘を登る。自分の仕事場が軍の装甲車に包囲されている様子が見えた。ものものしい様子を目の当たりにして、不安がぶり返した。

本当に使用済み核燃料は無事に回収できるのだろうか？

ジンスの不安を裏付けるように気球はゆっくりと移動を開始した。

＊　＊　＊

学内にある食堂で昼食を取っていると、村中が急に食べるのをやめて、スマホを取り出した。メッセージが入ったらしい。じっと画面を見ている。

「会議室に戻ろう。メシはこのまま持っていってかまわないだろう」

そう言いながらカレーライスののった自分のトレイを持ち上げる。

「なにかあったんですか？」

草波もあわてて、トレイを持って立ち上がる。

「ここではくわしくは言えないが、解析結果が出たそうだ」

村中は早足で歩きながら答え、食堂を突っ切ると、そのまま廊下を進む。解析が終わった？早い。想像以上の早さに草波は足を止めた。村中はそのまま歩き続け、早く来いというように途中で振り向いた。

会議室に戻ったふたりに驚く結果が待っていた。

「セキュウィンにRADAですって？」

画面に映っているドローンのシステムの詳細を見て草波は思わず声をあげた。セキュウィンは、OSで世界最大のシェアを持つ、マイクロ・オペレーション社が満を持して発表した世界でもっともセキュアなOSだ。世界でもっとも利用者が多い同社のOSは、あくまでコンシューマあるいは一般ビジネス向けであり、商用大規模システムや金融、軍用など安全性、信頼性を要求される業務には適していないとされていた。それでも各国政府へのコネクションを生かした強引な営業で、なんとか食い込んでいた。

近年、各国官公庁でより高いセキュリティが求められるようになり、同社の製品を導入している各国政府機関では他社製品の検討を始めていた。

マイクロ・オペレーション社も手をこまねいていたわけではない。かねてから商用大規模システムへの本格的な進出を狙ってさまざまな改良を施してきた。その集大成とも言えるのが通称セキュウィン、マイクロ・オペレーション・エンタープライズアンドセキュリティモデルだ。最新のセキュリティ技術を投入しただけでなく、自社製のセキュリティ関連ソフトも全て最初からインストールされており、二十四時間三百六十五日必要に応じて同社がバージョンアップを行う。開発には米軍も協力したと言われており、従来とは一線を画した信頼性の高いものとなっていた。

おかげで米軍はもとより、銀行や大手商用システムでの採用が相次ぎ、各国政府でも既存製品からの乗り換えが進み、今では世界でもっとも安全なシステムと呼ばれている。企業向けバージョンと、制御機器やドローンなどの組み込みおよびモバイル向けのエンベデッドバージョンがある。じゃっかんの違いはあるものの中身はほとんど同じだ。

ＲＡＤＡはセキュウィンやさまざまなＯＳで動く汎用制御システムだ。発電プラントや港湾、ビル管理、工場などさまざまな用途で利用されている。以前普及していたＳＣＡＤＡと互換性があり、セキュリティ上問題の多かったＳＣＡＤＡに置き換わっていった。それがドローンの制御に使用されていた。

草波はドローンには専用のシステムが搭載されていると考えていたので、普及している商用システムが利用されていたことに驚いた。開発の手間やコストをはぶけるが、その代わりにそれらのソフトの詳細を知っている者も多い。

――さきほど、米国のサイバー軍需企業ブラックゲーム社が情報提供を申し出てきました。詳細なレポートも入手しています。現在確認中ですが、おそらく間違いないでしょう。他からも口頭やメモで連絡をいただいていますが、今のところブラックゲーム社のものがもっとも詳細かつ他のものとも内容が一致しています。

――ブラックゲーム……日本でも韓国でもアメリカですらないのか？　国家より民間企業の方が先んじてるなんて。

――米軍とはイコール軍需企業です。

身体から力が抜けた。「国家」という概念が崩壊しつつあることを感じる。

――セキュウィンやRADAなら攻略できるんじゃないか？

――どちらも世界でもっとも安全なシステムじゃないんですか？　時間は限られてるんです。破れますか？

――セキュウィンやRADAは政府機関や金融、インフラで利用されている。ということは、すでに脆弱性を見つけている連中がいるに違いないでしょう。

――なぜ断言できる？

――人間の作ったものは、人間が破ることができます。普及しているもの、商売になりそうなものならなおさらです。ブラックゲーム社は、すでに利用可能なゼロデイ脆弱性を隠し持っていて、短時間で気球をテイクダウンできることを伝えてきました。だから当社に発注してほしいということです。

一瞬、画面の向こうが静まりかえった。そこまで準備できているのかという驚きだ。

――ブラックゲーム社のレポートを表示します。

画面にブラックゲーム社からのレポートの内容が表示された。全て英語だが、箇条書きと図解が多く理解しやすい。

——セキュウィンとRADAともに米国版です。セキュウィンにはブラックゲーム社が発見したゼロデイ脆弱性が六つ存在し、そのうちふたつはルート権限を乗っ取れます。RADAには制御を乗っ取れる致命的なゼロデイ脆弱性がひとつ存在しています。つまり彼らはいつでも気球をテイクダウンできるということです。

——ほんとにセキュウィンに六つも脆弱性があったのか？　どこが世界一安全なシステムだ！　信じられない。ブラックゲームは、いつでも世界中のセキュウィンとRADAを乗っ取れるって言ってるのか⁉

怒鳴り声が響いた。無理もない。セキュウィンは日本の官公庁、自衛隊、金融機関にも導入されている。それが気づかれないうちに乗っ取られる危険があった。しかも金を払って依頼すれば簡単にできる。もはや国防という概念は瓦解している。

——検証はしていませんが、おそらく間違いありません。この六つはブラックゲーム社が脆弱性情報提供サービスで顧客に販売しているものです。

独自に発見した脆弱性情報を顧客に販売しているサイバー軍需企業はいくつかある。個別に販売する方法と、年間の通知数を決め、その数だけの脆弱性を発見の都度送る方法のふたつがある。ブラックゲーム社は後者の方式をとっており、その価格は年間約二億円という。

——年間二億円？

——価格は存じませんが、おそらくそうでしょう。この作戦でもっとも重要なのは同時に百基の気球の制御を奪うことです。一部の気球がハッキングされたことがわかれば、犯人が残りの気球に自爆コードを送る可能性があります。自爆コードが送られても爆発しないように、一度に全ての気球を奪っていなければいけません。一部の気球が異なるシステムで動いている可能性もあるので、事前の確認も必要です。相応の規模のサイバーコマンドーが必要になります。現時点でその態勢を整えているのはブラックゲーム社のみです。

——自爆コマンドが届かないように通信を遮断すればいいだろう。

——ですから、ハッキングする前に通信を遮断すれば自爆します。犯人が、こちらの動きに、どれくらいのタイミングで気づくかわかりませんが、おそらく数分の猶予しかないでしょう。その時間内に百基全てをハッキングします。

数分以内に全部終えなければならない。恐ろしい仕事だと草波は思った。不測の事態に備えるために、ブラックゲーム社は最低でも百人以上の腕ききハッカーとアシスタントを張り付けなければならない。自衛隊にはできない芸当だ。時間の余裕があればひとりで百基をハッキングすることは難しくないだろう。しかし数分で終えるとなればほんのちょっと手を動かす数秒が成否の分かれ目になる。一基にひとり以上を割り当てなければ無理だ。

——見積もりも来ています。制御を乗っ取り、指定された地点に安全に着地させるまでを請け負うそうです。

——見積もり？　火事場泥棒もいいところだな。うちに売り込む話じゃない。韓国以外にそれを実行できるところはない。

——正体を隠して実行しろということでしょう。全ての準備を彼らが整え、実行開始のキーを我々が押すことになると思います。あくまでも彼らは請負業者であり、システムをセットアップするまでが仕事。実行するのは依頼者である我々というスタンスです。

——それ本気で言ってるのか？

——ええ、彼らは本気です。米国でもそうやって商売しています。彼ら自身にはサイバー攻撃を行う法的根拠がありませんので、アメリカ政府機関にエンターキーを押してもらうしかないんです。

——いや、しかし、それにしたって我々にはできないだろう。

——もうひとつ彼らが見積もりを我々に提出してきた理由があります。アメリカからの要請によって日本政府が金を出すという迂回手段です。

——なにを言ってるんだ？

——言葉通りの意味です。アメリカに金を渡して、これでブラックゲーム社に発注して事件を解決してくださいと頼むんです。

——ふざけるな！

——彼らは本気です。内閣官房に本社のブライアン・ゲリーというマネージャーが来ています。彼を通して米軍にコンタクトすればきわめて短時間で調整が終わるそうです。こうした発注に備えるために本社の人間を派遣したそうです。

——なにを言ってる。アメリカから日本まで九時間か十時間はかかる。この事件が公になってからそんな時間は経っていない。

——その計算は間違っていません。それにも関わらず本社の人間が来ているということは彼らは日本政府よりも早く情報をつかみ、人間を派遣したのでしょう。アメリカ西海岸から東京まで通常十時間のフライトですが、プライベートジェットなら六時間もあれば着くと思います。

複数の声が入り交じり、なにを言っているかわからなくなった。日本政府よりも早くサイバー軍需企業が情報をつかんでいたことへの驚きや怒りと、金だけ払うという屈辱的な方法への抵抗だ。

想像をはるかに超えたサイバー軍需企業の力と、金だけ払うという対応にいい知れない口惜しさを草波は感じた。

「なんだか騒ぎになっているけど、打てる手はひとつしかない」

村中は落ち着いている。その通りなのだが、納得はできない。

村中はスマホを取り出すと、ボタンを押した。

「凄腕のハッカーたちは、どこにいると思う？」

呼び出し音が鳴っている間、村中は草波に質問した。

「え？　アンダーグラウンドじゃないんですか？　サイバー犯罪やってるんですよね」

「違うね。あ、もしもし、谷口三佐ですか？　村中です。ドローンのＯＳの件は、もう連絡が行ってますでしょうか？　あ、はい、はい」

村中はどうやら自衛隊に連絡しているらしい。

「やはり、そうだ。日本に来ている本社の人間は、韓国政府がアメリカに相談したタイミングで情報をつかんでいたらしい。いったいどこから情報が漏れているんだか」

村中が苦笑する。

「自衛隊、防衛省、内閣官房、警察、さまざまな日本の機関に複数のサイバー軍需企業からコンタクトが来ているそうだ。代理店を介しているものも含めるとものすごい数だそうだ。どの会社も三時間以内にドローンの制御を奪ってみせると豪語している。システムを特定して提案レポートを作り上げたのはブラックゲームが一番早かったようだが」

各国政府機関が手を焼いている事件をたった三時間で解決できるというのか。信じられない。

「ハッキングでこの騒動が収まって被害者を出さずに済むならなによりですが、どうも釈然としません」

「私もだよ。この騒ぎも彼らが仕掛けたんじゃないかという懸念もあながち的外れではなさそうだ。復讐説よりも動機と犯人がはっきりしている」

「いくらなんでも、こんなおおげさなマッチポンプをやりますか？　ばれたらどうなります？」

ありえないことではないが、やはり草波には信じられない。

「ばれてもどうもならないよ。ブッシュが大統領をしていた時、大量破壊兵器があると言い張ってイラクを攻撃したが、結局なにも出なかった。だからといって誰かが死刑になったりはしない。イラクではたくさん人が死んだのにね。そういうものだ。連中は商売のネタがない時は、火のないところに煙を立てて新しい商売を作り出す」

村中は淡々としている。

「サイバー戦争において最初に攻撃を始めるのはサイバー軍需企業であることが多い。その意味ではマーケットを広げる努力を彼らは怠っていないわけだ」

「え？　連中が最初に戦争を始めている？　本気でおっしゃってますか？」

「まあ、僕の説に過ぎないけどね。ボットネットをあらかじめ構築しているサイバー軍需企業はすでに攻撃を行っていると言える。その意味では、彼らは国家の戦争よりも前に戦争を始めていると言っていいんじゃないかな。今回はリアルでしかも目立ちすぎるけどね」

草波はまじまじと村中の顔を見た。言っていることは間違っていない。サイバー軍需企業はボットネットを構築しているし、発注があればマルウェアも作る。最初に戦争を始めるのが彼らというのはその通りなのかもしれない。

だが、勝手に戦争を始めてそこに政府を巻き込んでマーケットを広げるなどというのは世界を破滅させるビジネスだ。

＊　＊　＊

広報から辻に内線が入った。エバンジェリストという仕事柄、広報とは日頃からつきあいがある。挨拶もそこそこに、いきなり本題を切り出してきた。

「さきほど警察から問い合わせが入った。顧問をしてもらっている元警視庁の山崎《やまざき》さんに警察の様子を訊いてもらったら、たくさんいるチェック対象のうちのひとりということらしい。つまり、それほど目を付けられているわけではない」

「はあ。それは喜んでいいんですかね。危険はないってことですよね」

それでも警察という言葉にひんやりした嫌なものを感じる。

「疑っているという感じではなかった。所在確認程度だね。耳に入れておいた方がいいと思って連絡しただけなんで」

「助かります。今は一刻を争う事態なんで」

「それはわかってる。個人的にも応援しているので、がんばってください」

目がうるんだ。この仕事をしていて激励してもらえることなど滅多にない。うっかり泣きそうになった。

それにしても警察からも問い合わせが入ったのはショックだった。これだけの規模の事件なのだから、警察が捜査していても不思議はない。自分がそういう立場になったことにとまどいを覚える。

サイバーセキュリティの仕事を始めた時から、ある程度の危険は承知していた。だが、いかなる場合でも一線を踏み越えることはしないように心がけてきた。今回もそうだ。だが、相手が犯罪者やテロリストの場合、それを追う警察とも関わらざるを得ないのだろう。

＊　＊　＊

インターネット安全安心協会のオフィスで吉沢はアレクセイのハードディスクの行方を知る人物を探していた。知り合いをたどり、メールを送って情報を収集する。それからいくつかのアンダーグラウンドの掲示板やマーケットをのぞき、それらしいものがないか確認する。

売りに出たことはないようだ。もっとも公安や各国機関が探しに来るようなものだ。マーケットに出すよりも直にその手の組織に持ち込んだ方が早くて安全だ。

「吉沢さん、なにをしてるんですか？」

勝手に理事室の扉を開けて、やせた長身の青年が入ってきた。秘書の大場《おおば》だ。じっとしていることができない性分らしく、身体がかすかに揺れている。その様子はチンアナゴのようだ。ロイド眼鏡を右手で押し上げると、吉沢を見てにっこり笑う。

「ノックくらいすべきだと思うんだけどなあ」

吉沢は画面から目を離さずにつぶやく。

「失礼しました。で、なにを調べているんです？」

口ではそう言っているが、全く悪いと思っていないことは明らかだ。吉沢が毎日のようにノックしろと言っているのにあらためる気配は全くない。

「アレクセイのデータの中身」

「アレクセイのデータ⁉　なんでそんなヤバイものを探してるんです？」

大場は以前サイバー犯罪に手を染め、吉沢に目を付けられた。インターネット安全安心協会の理事に就任するに際して、特別に大場を雇い入れ、秘書というよりはお抱えのハッカーとして使っている。大場は吉沢に旧悪の弱みを握られているため、不本意ながらもここにいる。

「リアンクール事件に関係あるかもしれないからさ。どこにあるか知らないかなあ？」

「アレクセイのデータが関係あるんですか？　テロリストのリストでも入ってるんですか？」

大場が目を輝かせて、吉沢に近づき、画面をのぞき込む。

「見てもろくな情報ないよ」

「もしかすると、ぺろぺろさんなら知ってるかもしれない」

「誰それ？」

「沢村《さわむら》って人です。界隈でぶいぶい言わせた人で、かなり昔にヤバイ系統から手を引いて、プログラマだかライターだかやってるそうです。アレクセイと親しかったはずです」

「アレクセイって友達いないんじゃなかったの？　知り合いはいても親しい人間はいないって聞いてた。少なくとも彼のことを友達と思ってる人は見つからなかったんだよね」

「そうでしょうね。じゃっかん偏屈というか、癖のある性格でしたからね。でも、ぺろぺろさんとは気が合ったみたいです。ぺろぺろさんはずいぶん昔に足を洗ったから見つからなかったのかもしれません」

「連絡先教えて。それと住所。直接これから行く」

「え？　いや、だって、もう引退してる人ですよ。知ってるかどうかわかりませんし、僕から情報漏れたってわかると困るんですよ」

「大丈夫。誰から聞いたか言わない」

「ぺろぺろさんは友達少ないんだから、誰から聞いたかわかっちゃいますよ。お願いですから僕が恨まれるようなことはしないでください」

「やだなあ。僕が紳士的だってことはわかってるでしょ。まあ、犯罪者は人間じゃないから、人権もないとは思ってるけどね」

「お願いしますよ。心配なんで僕もついていきます」

「ダメ、君は留守番。じゃあ、ちょっと出かけてくる」

吉沢は勢いよく立ち上がった。

江古田の古いアパートを根城にしている中年男。それが、ぺろぺろさんと大場が呼んでいた元ハッカー沢村だった。突然の吉沢の訪問にかなり驚き、追い返そうとしたが、強引に吉沢が部屋の中まで上がり込んだ。

木造の古いアパートの六畳間に吉沢がいるだけで暑苦しくなる。向かい合ってあぐらで座る。最初は警戒心と嫌悪感をあらわにしていた沢村だったが、吉沢が韓国の事件との関連で調べていると話すと俄然興味を示した。くわしい事情を教えてくれれば協力しないでもないという。たいしたことは、わかっていないと前置きして吉沢は自分が関わることになったいきさつを説明した。

沢村は、でっぷり太ったお腹をさすりながら、時折眼鏡のつるをいじって吉沢の話に聞き入っていた。

「この事件で吉沢さんが呼び出しくらうとは思わなかったなあ。だってあれ完全に公安マターでしょ？　吉沢さんってテリトリーが違いますよね。へー、吉沢さんが動いてるんだ」

いつの間にか、沢村の口調はなれなれしくなっていたが、吉沢は気にしないことにした。普段なら静かに諭すところだが、時間が惜しい。

「僕もそう思うんだけどね。誰かが僕を推薦したらしいんだよね。理由はわからないでもない」

「アレクセイのデータは関係ないと思いますけどね。だって、そういうものじゃないもん。単に漏洩した情報を集めてただけ」

「まあね。関係ないとは思うけど、いい機会だし、大手をふって調べられるからちょうどいい。

でも、実はあの中になにがあるのかよく知らないんだよね。知ってる？」

「特別なものはないと思いますよ。アレクセイはこの十年くらいハッキングして情報を盗むってことはしてなかったからねえ。あのファイルにも特別なものはなかったと思うんだけどなあ」

「でも、彼が死んでから公安やいろんな怖いところがデータをくれって殺到したんでしょ？　なにかあるに決まってると思うんだけどなあ」

「ああ、それはチェックのためだと思いますよ」

「チェック？」

「どこの組織でも、ネット上で情報収集をしてるでしょう。でも完全に網羅してるかどうかわからない。アレクセイは、そういうのをかなり網羅的に集めて整理していた。世界中のものをね。あれほど網羅的なものは、政府機関にもないかもしれない。だから公安や組織の連中は、もしかしたら自分が見落としたデータがあるかもしれないと思って調べてみたかったんじゃないかな」

「ああ、なるほど。で、ほんとに政府機関が持っていないものを持ってたりするの？」

「うん、あると思いますよ。たとえば、中国やロシアのアンダーグラウンドで流通してるデータなんかいちいちチェックして集めてないでしょ。彼は中国語もロシア語も得意だったから」

吉沢がぐっと身を乗り出すと、沢村の視界が吉沢の巨体で遮られる。沢村は思わず座ったまま後ずさりする。

「今回のことにつながるようなテロリストに関する情報とか、通信記録とかないのかなあ」

「どうなんだろ？　そんなデータあるのかなあ」

「あのさ。防衛大学校から情報漏洩した事件があるんだけど、そのデータもあるのかなあ。あのテロのシナリオはもともと防衛大学校の論文だったんだから、なにか関係あるかもしれない。ところで、ほんとはハードディスク持ってるんじゃないの？」

吉沢がさらに身を乗り出し、沢村に覆い被さるようになった。低く小さな声で訊ねる。

「え？　持ってませんよ」

沢村は不安そうに答える。

「どこにあるかは知ってるでしょ？」

「……」

沢村が目をそらしたので、吉沢は知っていると確信した。

「教えてよ。教えてくれないと、一生後悔するような罪で逮捕する」

吉沢がにっこり笑う。冗談とも本気ともつかない。おそらく本気なのだろう。嫌なオーラがにじみ出している。

「知りませんよ。あ、いや、表向きは遺族のはず」

「だからさあ。遺族にはダミーしかいってないんでしょう？　本物はどこにいったの？」

沢村がぎょっとした表情を浮かべた。遺族の手にあるがダミーということを知っている人間は、ごくわずかだ。仮に遺族の手にあるデータを見たとしても、それがダミーとすぐに判断できない。知っていると白状したようなものだ。

「ここで心不全で死ぬのと、幼女強姦で起訴されるのとどっちがいい？　両方嫌なら、本当のことを教えてほしいなあ」

「ほんとに知らないんです。どこかに消えたんです。ええと、アレクセイの知り合いが持っていったんですけど、そいつはその後に殺されました。ハードディスクは見つかってません。どこにいったかはわからないんですよ」

「それさあ。なんでわからないの？」

「さあ、私に訊かれましても、こういうのは警察の方が知ってるはずだと思うんですが」

「またおもしろくない冗談言った。首を絞めよう。ほんとはもっと知ってるでしょ？」

「やめて！　やめてください！　言います！　言います！」

沢村の話では、アレクセイのハードディスクは死後しばらくしてアンダーグラウンドマーケットで売りに出た。すぐにわかるような名前はついていなかったが、知っている者が見ればアレクセイのものだとわかるような説明がついていたそうだ。高値だったが、すぐに買い手が現れて消えた。

「取引終わった後に探すのは難しいと思うんですけどねえ」

沢村は嘆息した。

「そのアンダーグラウンドマーケットの胴元にログを見せてもらって追跡しよう」

吉沢がこともなげに言うと、沢村は目をむいた。

「マジで言ってます？　殺されますよ。殺人依頼だってやりとりされてるようなとこなんです。あっ、でも僕はもう関係ないですよね。やるならどうぞ、ご自由に」

吉沢はそんな言葉を聞いても一向にひるまない。

「日本最大最強の暴力組織は警察だからね。怖いものない。三十万人も構成員がいる暴力組織って他にはないもん。その胴元の連絡先を教えてくれないかな」

「いや、待って。僕がそれを言ったのがばれたらマズイでしょ」

「マズイかもね。でも、話さないとすぐにマズイことになると思うけど」

吉沢は腰を上げ、軽く沢村の首を片手でつかんだ。ひっと悲鳴をあげそうになった口と鼻を残った片手でふさぎ、そのまま持ち上げる。百キロ近くありそうな沢村の身体が、片手で吊り上げられた。みるみるうちに顔が充血する。

「早く教えてくれないかなあ」

沢村は必死に吉沢の手をかきむしり、足で身体を蹴飛ばすが一向に効き目はない。かすかに空気の音が喉から漏れ、口から涎《よだれ》がたれる。

「ああ、そうか。この状態じゃしゃべれないよね」

吉沢は笑うと、手を緩めて沢村を床に落とした。沢村は、床に落ちたままの体勢で、ぜえぜえ息をついている。その腹部を吉沢が蹴飛ばす。沢村は腹を押さえて嘔吐した。畳に吐瀉物《としゃぶつ》がぶちまけられる。

「順番間違えちゃった。答える気になった？　って訊いて、答えてくれなかったら蹴るつもりだったんだけど、先に蹴っちゃった」

楽しそうにくすくす笑う吉沢を、沢村は血走った目で見上げる。なにか言おうとしているが、荒い息と吐瀉物のせいでうまく声にならない。

「答えないなら、もう一回やろう。窒息するのと、蹴飛ばされるのとどっちがいい？」

沢村は右手を伸ばし、なにか言おうとしたが、かまわず吉沢はもう一度腹部を蹴飛ばした。沢村の身体が軽く床から浮き、ずしんと落ちる。苦痛にもがき、動くのもままならなくなる。

「また返事を聞く前に蹴っ飛ばしちゃった。すぐに答えないからいけないんだけどね。でも大丈夫。本気じゃないからね。本気で蹴ったら内臓破裂して死ぬんじゃないかなあ」

そう言うと、右足を上げて、蹴りそうなそぶりを見せる。沢村が声をあげて泣き出した。

＊　＊　＊

加賀不二子はマダムシルクでネットニュースをながめていた。第二古里の騒動は笑える。リアンクール共和国なんて茶番を信用しているメディアが多いのは本当におかしい。そんなことできるわけがない。

その時、スマホに着信があった。見知らぬ番号だ。店に他の客はいなかったので、そのまま電話に出た。

――あの、あたしです。どうしても相談したいことがあって電話しました。

切羽詰まっている様子が声の感じだけで伝わってくる。緊張と不安が不二子にも感染する。

――カガさん……カガフミコさんですよね？

相手は続けて訊ねてきた。

——どなたですか？

不二子が答えると、しばしの沈黙の後に切れた。しばらく緊張で身体が動かない。心配することはないと自分に言い聞かせる。

また、あの時のことを思い出しそうになっている。意識して頭から追い出す。そんなことをしてる場合じゃない。こんなにも苦しい思いが続くなんて想定外だ。

スマホで計画を箇条書きにしたメモを表示させた。あの夜から始まった現在進行形の計画だ。問題ない。誰にもわかるはずがない。セックスしたくなった。犯されている間は、面倒なことを思い出さない。

職場の男性には、処女だと思われているらしい。確かに地味でださいと自分でも思う。人生を悲観するほどではないけど、楽観とはほど遠い容姿だ。つまり中途半端。化粧すれば、それなりに見られるようになるとわかっているが、会社ではほとんど化粧した顔を見せないようにしている。

職場に飾った姿で現れるのは「負け」のような気がするし、今さら化粧してきれいな服を着ていっても男性の好奇の目にさらされるだけだ。

高校生の時にクラブの先輩とセックスして以来、男には事欠かない。自分のような取り柄のない、容姿も半端な女でも、化粧して、盛った自撮りをネットに流せばちやほやしてくれ、おごってくれる男性がいくらでも現れる。

リアルで知り合った男性とつきあったことはない。いや、そもそもネットで知り合った相手とだって恋人同士と言えるのか疑問だ。

ネット上のハンドル名しか知らないで出会い、デートし、セックスする。それからなにかのきっかけで本名がわかる。相手によっては別れるまで本名を知らなかったこともある。

食事やホテル代は全部男に出してもらうから経済的にも助かる。気前のいい年上の男性なら旅行にも連れていってくれる。そんなことばかりしていたから、同年代で貧乏たらしく割り勘しているのを見ると絶対に嫌だと思う。男と食事して金を出すなんて信じられない。

プレゼントだって一方的にもらうだけの方がいいに決まってる。男を自分好みに変えるのが楽しみの女性もいるようだが、要するに貢いでいる惨めな自分に言い訳しているだけとしか思えない。

リアルの知り合いとつきあうなんて怖くてできない。ケンカしたり、別れたりしたら、リアルの生活に支障が出そうだし、自由に他の男性と遊ぶこともできない。

関係した男性の数が増えるごとに、結婚や恋愛に夢を持てなくなる。最初から希望を持たない方がいい。なにも期待していないから裏切られることもない。

ひどく不毛だと自分でも思う。しかし、金と時間をかけてデートを繰り返した挙げ句に破綻するのよりはマシだとも思う。必要な時、必要なものを持っている男と会うのが楽で性に合っている。

自分は自由になったはずなのに、なぜまだ同じような場所にとどまっているのだろう。

＊　＊　＊

「吉沢さん、これって結構ヤバイと思うんですけど」

インターネット安全安心協会の理事室で、大場はそう言いながら目の前の画面を見つめている。沢村からアンダーグラウンドマーケットの胴元の連絡先などの情報を得た吉沢は協会に戻り、大場に胴元の端末をハッキングするように命じた。むろん違法行為だ。

「緊急事態だから仕方がないよね」

吉沢はあっけらかんとしている。大場は、胴元に取引先からの問い合わせを装ったメールでマルウェアを送り込んでいた。「いつもお世話になっております」といったタイトルで、相手が取引先と勘違いして開いてしまうように仕立ててある。もちろん発信元は過去のアンダーグラウンドマーケットの出品者などをチェックして、それらしきものにしてある。

「メールを開いて、うまく感染したようです。ツイッタークライアントのふりをして通信しているので発見されにくいとは思いますが、大事なものを先に盗みましょう」

「ツイッタークライアントのふり？」

「データ量が大きくなければ、ツイッターのふりをして送信できます。これだとセキュリティソフトのチェックを抜けやすいんです。とりあえずサーバーに管理者としてログインできるＩＤとパスワードを盗めばいいんですよね。パスワード管理ソフトを使ってるようなんで、そのデータをまるごと盗みます」

パスワード管理ソフトは、さまざまなＷＥＢサイトなどのＩＤとパスワードを一元管理できるソフトだ。たくさんあるＩＤとパスワードを記憶するのは難しいためにソフトに記憶させておくわけだが、今回のようにまるごと盗まれる危険もある。ソフトを利用するためのパスワードが破られたら全て盗まれてしまう。

「マスターパスワードは破れる？」

「相手の操作を全部記録していますから、ソフトを起動してパスワードを入力したら、そのキー操作からわかります。ていうか、もう入力してますね。もらいました。これで解けます」

大場がにやりと笑って指を鳴らした。

「じゃあ、すぐにサーバーにログインしてアレクセイのハードディスクの出品者と落札者を探して」

「了解です。その前に、胴元のパソコンからのアクセスをサーバー側で受け付けないようにしておきます。相手もサーバーにログインしてくるとやっかいですからね。その間にこちらはサーバーからログを抜ける」

「そういういやらしい計算は得意だよね」

「吉沢さんほどじゃありません」

大場は皮肉で返し、一心不乱に操作を続ける。吉沢はその後ろの席に腰掛け、退屈そうに画面を見る。

「見つかりました。ただ、出品者は死んでます。アレクセイも死んでるし、これは呪いのハードディスクですか？」

大場が硬い声でつぶやいた。

「アレクセイのハードディスクを受け継いだ男は殺されたらしいけど、そいつが売りに出してたんだ」

吉沢が身を乗り出して画面を見るが、もちろん見てもなにもわからない。ただのログが表示されているだけだ。

「彼もこの界隈ではそれなりに知られた人間だったんで僕も知ってます。どうしましょう」

「取引が終わってから殺されたのかな。それとも取引の前に、ハードディスクを持ってるってわかって殺されたのかな。殺人現場にはハードディスクなかったんだよね。知りたいのはハードディスクの行方なんだけどさ」

「うーん。わかりません。記録上は取引成立してますけど、受け渡しされたかどうかまではわからないんですよね。ただ、もし取引が成立していてもハードディスクの中身のバックアップは取っておくと思います。このデータ量だとおそらくクラウドとかじゃなくて、別のハードディスクにコピーして安全なところに保管してあるんじゃないかなあ」

「だとすると、警察が殺人現場を調べた時に証拠品として保管してるかもしれない」

「殺人現場って自宅ですよね。自宅には置かないでしょう。それじゃ、万が一の時のバックアップにならないんで。他の場所、セーフハウスとか、信頼できる人間に預けるとか。でもセーフハウス持ってるほど金あったら売らないと思うんで、信頼できる人間に預けた可能性が高いと思います」

「それって誰？」

「僕に訊かれても困ります。そこまでは知らないですよ。このへんを足で調べるのは警察が得意なんじゃないですか？」

「うーん。地道に調べてる時間はないんだよね。どうしようかな。あのさ。この胴元のサイトでアレクセイのハードディスクを売りに出してみたらどうかな？　十万円くらいで売るって。そしたら本当に持っているヤツは驚くでしょ。で、その記事を読んだ人間と連絡してきた人間を片っ端から感染させて情報を盗み出す」

「それ本気で言ってます？　もう合法とか違法とかっていう問題じゃなくて、アンダーグラウンドでもやっちゃいけない話してますよ。同業を罠にかけるんでしょう？　こっちが仕込んだマルウェアを見つけられる可能性だってかなり高い」

大場は口では嫌がっているが、表情を見る限りではそうは思えない。危ない賭が好きなのだ。

「いいから、やっちゃって。きっとそれが一番手っ取り早い」

吉沢はいとも簡単にそう言うと、後は頼むと肩を叩き、自分はソファに横になる。

＊　＊　＊

リアンクール共和国の市民権への予約は盛況だった。受付サイトにカウンターが設置されており、それを信じるならば予約開始からすぐに一万人を突破し、数時間で百万人に達していた。初期の申込者の多くは調査目的の者がほとんどだったが、その後は本気で市民権を得ようとしている者だった。

登録者には独立国実現のための世論を盛り上げてほしい旨のメッセージが送られ、韓国政府および日本政府に対する要望をツイッターやフェイスブックに書き込んでほしいと書いてあった。ご丁寧にひな形までついている。それが告知を拡散する元になった。

市民権申し込み開始から申し込んだことをツイッターやフェイスブックで報告する者が相次いだ。それがさらにリツイートされて広がり、それを見た人が自分も申し込みに行く。

さらに事態を加速したのは有名人の参加だった。タレントや知識人などが参加すると、その信奉者が一斉に参加し、その報告がツイッターとフェイスブックにあふれかえった。

百万人を超えるとマスコミが騒ぎ出した。リアンクール共和国の実現性を冷ややかに見ていた文化人や評論家も少し発言を変え、もしかしたら、我々は歴史が変わる瞬間に立ち会っているのかもしれないと言い出した。

ネット上にさまざまな情報と議論が飛び交い、混沌の坩堝と化す。もうなにが起きているのか、誰も全体像を把握できなくなってきた。株式市場は乱高下を繰り返し、韓国ウォンと日本円の為替は一気に下落した。

ほとんどのテレビ局は、昼のワイドショーを急遽臨時番組に切り替えて、リアンクール共和国のニュースを流した。

＊　＊　＊

内山千夏子は、会社の食堂でニュースをながめながら同僚と食事をとっていた。

「なんか大変なことになってるね」

「納期に変更はないけどね」

興味のない風を装って黙々と焼きそばを口に運ぶ。内心は緊張と不安で味などわからない。胃が痛い。家に帰って布団をかぶって寝てしまいたい。食べるのをやめたい。しかし普段と違う行動をして、怪しまれたり、心配されたりするわけにはいかない。

「変更あるかもよ。だって都内の地下鉄が一部運転見合わせだって。テロだか暴動の危険があるとかさっきニュースが流れてた」

交通機関が麻痺し始めたのか……千夏子は絶句した。短時間でそこまで広がるとは思わなかった。

「あたしも市民権申し込もうかなあ」

周りの同僚たちは脳天気な会話をしている。本当のことを教えて、無知を笑ってやりたくなる。

「オレ、申し込んだよ。簡単だった。メールアドレスと本人確認できるものをふたつ指定するだけでいいんだもん」

「本人を確認するもの？」

「リアンクール共和国に入国する時に確認するためだってさ。オレはパスワードと日本の免許証にした。スキャンして送って完了」

「そんな安易なのでいいの？」

「ネットの国だからいいんじゃない？　それにあくまで予約だから正式に独立した時にはさらに手続きがあるのかもね」

「本人確認書類をああいうテロ集団に送るのって怖くないの？」

「え？　だって免許証のコピーなんか悪用されてもたかがしれてるでしょ」

わかっていない。免許証のコピーは想像以上に使いでがあるのだ。どんどん登録してくれ。たくさん登録する人間がいれば、自分に似た年齢と背格好の女も必ずいる。

早く身代わりになるような女が登録してくれればいい。それが自分にとっての最後のピースだ。そこが埋まれば自分の準備は終わり、外国で暮らすことができる。

「新しいニュースだ。なにあれ？」

言われて千夏子は顔をテレビに向けた。画面を人の群れが埋め尽くしていた。一瞬なにが起きているかわからない。どうやらデモらしい。朝のラッシュ時の駅のホームのように人があふれてひしめきあっている。

「えー、こちらは韓国大統領府前です。さきほど、大統領が声明を発表してから抗議の人々が集まりだし、現在はご覧のありさまです」

「見えますでしょうか？　プラカードや旗には、『国民の命をなんだと考えているのか？』と書かれています。『韓国を福島にするな』というものもあります」

レポーターはもみくちゃにされながら中継を続けていた。

「大統領の声明直後からなので、おそらく無届けではないかと思います。警官が多数状況の整理に当たっていますが、とにかく人数が多くて対処しきれていません」

そこで画面が切り替わって、韓国政府が発表したという声明の内容が箇条書きで映し出された。

大きくはふたつ。

①　リアンクールは韓国の領土であり、それはこれからも変わらない。

②　リアンクールから韓国武装警察と韓国軍が撤退することはない。

テロリストの要求には屈しない。

そして原発運営会社である韓国水力原子力の被害推計値を紹介し、仮にダーティボムが空中で爆発したとしても深刻な危険がないことを強調した。

これに対してすぐさま韓国の市民団体が反発し、散発的なデモが各地で発生した。それが大統領府前の大規模デモにつながった。

発端はフェイスブックやツイッターなどのソーシャルネットワークだ。次々と各地でのデモの状況が投稿され、それをまとめて整理する者が現れた。さらに、大統領府前で抗議しようというタグが作られ、リツイートされて広がった。

当初、大統領府前ではデモは行われていなかったが、過去に行われたデモの画像をあたかも現在行われているものかのように紹介する者が出てきた。

千夏子は他人事のように一連の報道を見ていた。実際他人事だ。これまでもこれからも自分が直接この騒ぎに関わることはないだろう。

「日本政府からの発表が始まるようです。なんでしょう？」

日本政府も韓国政府の発表を受けた形で、深刻な危険がなく避難の必要は認められないと発表した。その上で、最悪の事態に備えて、医薬品や検査態勢の整備を進めていると説明した。

「今からやって間に合うのかしら」

思わず疑問が口を突いて出た。だが、テレビは日本の国会議事堂のライブ中継に変わり、その場の全員がテレビに釘付けになった。

日本でも韓国同様の騒動が起きていた。韓国で起きたように過去の画像を利用して、国会議事堂前で大規模デモが行われているという画像がソーシャルネットワークに流れ、それが共有されて広がった。ネットで影響力のあるアカウントのいくつかが、リツイートして賛同の意を表したこともあり、いくつかのニュースサイトでは本当に起きている事件として報道した。そしてそれを見た人々が実際に国会議事堂に向かい、制止に当たった警官隊ともみ合いになって負傷者が出た。

警官隊とのもみ合いの様子と負傷者の姿はリアルタイムでネット放送された。さらにそのもみ合いや怪我人の画像も過去の事件のひどいものが使われ、事態が深刻かつ危険だというイメージを流布した。

いま、千夏子たちが目にしているのはリアルに国会議事堂周辺で行われているデモと警官隊の激突だ。韓国の騒動に比べると人数は少ないが、そんな光景を見たことのない千夏子には衝撃だった。

老若男女、特に若者がたくさん集まっていた。なにかを叫び、プラカードや旗を振っている。昔の学生運動のドキュメンタリーを見ている錯覚に陥る。

「ねえねえ、五年以内にがんで二十万人死亡するってほんとかなあ？」

画面は切り替わり、ネットで流れている情報の真偽の確認をしていた。生半可な知識で被害予測を行った者がいたらしい。その推計によると、韓国上空の気球十基と日本に向かっている数基が爆発した場合、本州の日本海側一帯は避難が必要なレベルに汚染され、東京も居住には適さなくなるとしていた。なにもしないで住み続けた場合、五年以内にがんなどで死亡する人数は二十万人となっていた。その数字が一人歩きして、ネットで騒ぎになっているというのだ。

番組に招かれた専門家は、使用済み核燃料の量や風向きなどの詳細な情報がないと断った上で、それでもこれはおおげさとやんわり否定した。それでも不安は消えず、ネットではさらに二十万人死亡説が広がり続けた。

胸の動悸が激しくなって、食欲が全くなくなった。無理矢理、口に残りの焼きそばを押し込むと、「お先に」と千夏子は同僚をおいて食堂を出た。

歩きだすと吐き気に襲われ、あわててトイレに駆け込んで吐いた。こんなことではいけない。まだ終わっていないのだ、と自分に言い聞かせる。

胃の中のものを全部吐き出すと、少し落ち着いた。トイレの個室で腰掛けたまま、スマホでニュースをチェックする。

韓国の原発ジャックのとばっちりを受けるのはおかしいと韓国大使館前でデモを行った人たちが捕まったというニュースに続いて、アメリカ発の情報として中国陰謀説が流れていた。

中国が仕掛けているという記事が立て続けにアメリカのニュースで取り上げられた。中国政府は、すぐに否定したが、疑惑は消えなかった。

そのニュースは韓国と日本にも翻訳されてニュースとして流れた。韓国の中国大使館には市民がデモに押しかけ、日本の中国大使館には右翼の街宣車が数台押しかけた。

どんどん騒ぎが広がる。パニックだ。膝が震え出す。

次のニュースは、リアンクール共和国の市民権の予約が二百万人を突破したと伝えていた。

＊　＊　＊

会議室に詰めたままの草波と村中は、向こうの会議の様子と、自分たちでチェックしているニュースをながめながら、時折、意見を交わしていた。村中は大学教授、草波は自衛官とはいえよそ者だ。ふたりにできることはほとんどない。

「各地で騒動が起きてますね。これは予想していませんでした」

草波は韓国と日本に広がっている暴動にも似た騒動に不穏なものを感じていた。

「うん。僕もここまですぐに広がるとは思わなかった。このところテロが相次いでいたから世間は敏感になっているんだろう。犯人が特定できないまま、気球が各地に分散するとパニックになるかもしれない」

そうなのだ。気球が第二古里上空にある間は、他の地域、特に日本以外のほとんどの国にとっては他人事で済む。しかし中国あるいはロシアの上空に移動すれば、これと同じ騒動も拡散する。

「政府としてはダーティボムよりも、暴動の方が怖いでしょうね。ただでさえ、不景気で国民感情が悪化している時だから予想できないような規模になるかもしれない」

ここ数年の日本は国民の間に不満が鬱屈しガスの充満した状態だった。なにかで火がつけば大爆発を引き起こしかねない。長引く不況、中国との摩擦、韓国との不協和音、あらゆるものが国民から希望を奪い、底辺から這い上がれないことから開き直って犯罪に走るものも後を絶たなかった。この騒ぎは犯罪から暴動に変わるきっかけになりかねない。

——いくつかのマスコミとネット放送で、リアンクール共和国の国家制度や国民になるメリットを解説する番組を予定しています。やんわりと釘を刺しましたが、強行する局もあると思います。特にネット放送局は止めようがありません。

テレビ会議の音声が響いた。やんわりと釘を刺すだけでも充分に言論の自由に対する侵害だ。しかし、この局面でリアンクール共和国を好意的に紹介してもらっては困る。日本よりよく見えて当たり前だ。実現しない桃源郷なのだ。国民の自由と国家安全のバランスは永遠のテーマで、正しい答えは国家権力は国民の自由に介入しないことに最初から決まっている。それがわかっていてもせざるを得ない状況まで追い詰められている。物理的な攻撃でもサイバー攻撃でもなく、暴動で自壊してしまうという危機感が政府内部に高まっているのだろう。

——都内の交通機関が麻痺し始めています。デモなどの騒動のためと、システムの不具合……おそらくはサイバー攻撃です。

——なんだと⁉

——混乱を拡大するつもりでしょう。韓国では放送局のシステムがダウンしたようです。

二〇一三年三月に起きた韓国サイバーテロの悪夢の再来だ。あの時は、農協銀行、新韓銀行、済州銀行で店舗の端末やATMがマルウェアに感染し、サーバーが停止する事態になった。KBS、MBC、YTNなどの放送局では職員などの端末がマルウェアに感染し、通常業務ができないなどの被害が発生した。全体で五万台近くが感染し、ATM停止、カード処理不能、放送に支障が出るなどの甚大な被害となった。

今回はそれに加えて使用済み核燃料が空を漂っている。最悪のタイミングだ。放送を見ることができなくなった市民がネットのデマに踊らされる。

――なぜここまで騒動を大きくする必要があるんだ。犯人になんのメリットがある。

――騒動が大きくなれば、騒ぎを早期におさめなければならない必要性と緊急度が高まる。テロリストは、早く結論をだせと迫っているつもりなのかもしれない。

――結論?

――リアンクールからの韓国武装警察と軍の撤退と、和平条約の締結だ。

――そんな無理が通るわけないだろ!　あいつらだって、それをわかった上でやっているはずだ。

――しかし、これまでの行動は、そのように見えるし、それ以外の解釈が浮かんでこない。

――彼らが本気で独立国を作ろうとしている?　まさか、そんなバカな!

草波も独立国を作ろうとしてはいないと考えている。国ができれば、テロリストたちはそこに行くだろう。嫌でも正体がわかってしまう。まさか、リアンクールに足を踏み入れないまま、国を作り、運営するつもりなのか?　そんなことができるのか?

草波は敵の言い分には国の基盤となるものがないと考えたが、もし全てがネット上だけで完結する国であるなら形だけの領土でいい。国家元首も国民もそこにいなくていいことになる。国民がリアルに逃げ込みたい時だけ受け入れられる施設くらいがあれば充分だ。

いや、それでもありえない。日本あるいは韓国の警察や軍隊が乗り込んできたら、なすすべもなく領土を奪われてしまう。いや、そうしたら報復として今回のような事件を起こせばいいのか……

草波は頭を振って考えるのを止めた。新国家樹立の可能性は他の選択肢よりも可能性が低い。惑わされていてはいけない。

「見てみるかい？」

村中が草波の気持ちを察したように、画面の片隅にネット放送局を映し出す。パネルディスカッションでリアンクール共和国の資料を整理し、予想される制度や法律などを話し合っている。

「こんなことをしてなんのつもりなんでしょう？　国民の目をリアンクール共和国に向けて、目くらましのつもりでしょうか？」

草波は番組をながめながら村中に尋ねる。

「それもあるだろう。それにここまで盛り上がると、犯人が逮捕されても、一方的に非難されることはなさそうだね。なにしろ理想に燃えた行動なんだ」

「理想に燃えた行動」という言葉に開いた口がふさがらない。

「利口すぎませんか。こんな危ない連中がこれまで野放しになっていたなんて信じられません。

どこもマークしていなかったんでしょうか？」

「いくつかのアンダーグラウンドのグループの名前はあがっているみたいだけど、どこも違うらしい。まるごと北朝鮮の作戦だという話もある。世間では中国陰謀説も人気だけどね」

その時、テレビ会議で新しい情報が流れた。


——韓国で新しい動きです。これは韓国政府からではなく、こちらで独自に得た情報です。大規模なＫｕｒＫｅｒやＵｂｅｒなどソーシャル・シェアリングサービスの排斥運動が始まりました。国民からの突き上げを受けた韓国政府が、捜査の進捗情報を公開し、テロリストがＫｕｒＫｅｒを利用していたことが国民に知れました。そのためでしょう。そこからＵｂｅｒに飛び火し、さらに拡大しています。もともとソーシャル・シェアリングサービスは既存の業者から反発を受けていました。この機会に排除することを画策している既存業者もいるかもしれません。

——待て！　日本でも始まったぞ。渋谷でＵｂｅｒの運転手が襲われて、騒ぎが広がってる。

——その報告はまだ上がっていません。詳細を教えてください。警視庁からの情報ですね？

——そうだ。ええと、ＫｕｒＫｅｒとＵｂｅｒが狙われている。渋谷で数人の若者が利用客のふりをしてＵｂｅｒの契約車を呼び出し、運転手を引きずり出して暴行し、車を破壊する事件が最初に起きた。それも一件ではなく、複数のグループが繰り返し犯行に及んでる。犯行場所は道玄坂やマークシティ周辺。やっかいなことに、通りすがりの人々が興味本位で生中継したり、写真撮影してネットにアップしている。映像のナンバープレートなどから所有者を特定し、氏名や住所さらには家族の名前と通っている学校までさらしてるそうだ。テロリスト予備軍といったタグがつけられ、ツイッターを中心として拡散されている状況だ。

――それはいつ発生したんですか？

――状況が把握されたのはついさっき、発生したのは三十分くらい前だろう。

＊　＊　＊

――こっちにもいちおう知らせておいた方がいいと思うので、ここらへんに貼っとくね。新しいオペレーションが始まったよ。

アノニミティのリアンクール・ランデブー作戦が乗っ取った気球の解析を行っているチャットルームにURLが流れた。韓国政府の発表に抗議するオペレーションの説明が英語で書いてあった。すでに起きているデモの動画もある。

ダーティボムによる被害を低く見積もりすぎており、それはつまり国民の命を低く見ていることと同義だと断じていた。日本でも同種のデモが起きており、二カ国で連携したオペレーションになるという。

――日本でもこんなデモが起きてたのか……

大騒ぎになるような気がした。十年前には考えられなかったが、今は多くの若者がデモに参加し、徒党を組んだりする。今回の事件は、さまざまな意味で多くの若者の神経を逆なでする。

――困ったね。

ジャックだ。

――今騒ぎを起こすと、警察が本来の仕事をできなくなってしまう。これから起きるかもしれない最悪の事態への準備を進めているんだろうから、それが遅れると爆発した際の対処に影響が出る。

辻も、手は止めないでぼやく。

――爆発しなければいいんだけど、なんとも言えないよなあ。

他のメンバーがつぶやく。

――この騒ぎを落ち着かせないとまずい。まずいよ。暴動になったらどうする？　ロンドン暴動を忘れたか？

それだけは避けたい。ダーティボムが爆発する前に、東京で甚大な被害が発生する。ロンドン暴動のように、東京から地方都市に飛び火したら日本全体が炎上する。

――ダーティボムじゃなくて、ソーシャルボムだな。止める方法はあるかな？

――ソーシャルネットワークで盛り上がって、それをマスコミが取り上げているから、こっちもソーシャルネットワークで火消しをすればいい。

――無理だろ。だって、こっちの参加者なんかたかが知れてる。数が全然足りない。

騒ぎを収めなければならないということはわかっているが、その方法がわからない。いっそツイッターやフェイスブックのサービスを一時中断すればいいとまで思ったが、それは言論弾圧そのものだ。

――なんかおかしくないか？　いや、これ絶対おかしい。

——なんの話？

——ツイッター、フェイスブック、インスタグラムでものすごい勢いで、デモの話題が広がってる。この事件って、まだそこまでの大騒ぎじゃないはずだ。そもそも政府からの情報は極力制限されてるはず。テロリストからの情報もそんなに多いわけじゃない。それにLINEでの拡散は見られない。なぜだ？

言われて辻は、ツイッターを見てみる。関連するタグがトレンド入りしている。確かに早すぎる。

——予想以上に関心が高いってことかな？

——そうじゃない。いや、とにかくオレたちは、解析を急ごう。

そうじゃない？　ってどういう意味だと訊きたかったが話題を遮られた。なにか理由を知っているのだろうか？

＊　＊　＊

午後一時を少し回った頃、再びテロリストが動画をネットにアップした。背景に映っているのは第二古里原発の上空だが、見えているものが少し違う。気球が散らばっている。それぞれ異なるものに制御を奪われ、違う方向を目指して移動しているのだ。

「虐げられた同志が行動を開始した。それぞれの気球はそれぞれの目的のために移動を開始している。使用済み核燃料を載せた気球九十基は我々の手を離れ、それぞれの持ち主の希望をかなえるために動き出した。

韓国および日本政府は我々の提案を受け入れる用意がないらしい。それどころか、排除しようとしている。我々も自衛と希望の達成のために戦わなければならない。義勇兵を募る。

共和国の市民権は年間百万円を基本としているが、義勇兵として登録し、こちらの依頼するミッションをこなせば年間百万円の税金の支払いは三年間免除する。ミッションには高度な技術を必要とするものから、容易なものまであるので、誰でも応募できる。ただし、いずれも当該国の法律では違法行為とされる場合もあるので、あらかじめご承知いただきたい」

テロリストの言葉は、そのままツイッターやフェイスブック、掲示板などに転載され、ネットに拡散したが、その一方で、制御を奪った側からは操作をしていないのに動き出したという情報が流れた。

アメリカ、韓国、日本政府はテロリストの動画投稿後すぐに制御は奪ったが、操作はしていないという旨の発表を行った。その言葉を信じる者と、気球を第三国に移動させるためにウソをついているという者などが現れ、騒然とした。誰もどちらが正しいのか確信を持って言い切れない。

そんな中、気球の制御を奪ったという者がサムスン電子を脅迫する事件が起きた。金を払わなければ京畿道水原市《スウォンシ》にあるサムスン電子本社の上空で気球を爆発させるというのだ。

要求金額は百万ドルでビットコインで送金するように命じる脅迫メールがサムスン電子に送りつけられた。ウソではない証拠に気球のライトを十回連続して点滅させると書かれており、ひとつの気球がその通りのことをした。

使用されたメールアドレスは韓国のプロバイダのものだったので、犯人はすぐに特定され、逮捕された。

この事件で、「やっぱり、自由に動かせるんじゃないか」という声が増えた。

草波は画面の向こうで行われている議論ともいえない言い争いにうんざりしていた。気球の制御は奪えているのかどうかについて、何度も確認している。結論は、やはり奪えていないのだが、それを繰り返し確認している。

それよりも気になるのは義勇兵だ。

「義勇兵とは穏やかじゃないね」

村中の声音が少し変わった。ここまでの出来事に動じた様子のない村中の変化に、草波は違和感を覚える。義勇兵がそこまでの脅威に映ったのだろうか？　だが、すぐに草波にもその恐ろしさがわかった。

「竹島を第二のイスラム国に仕立てるなんて誰も考えなかったでしょう。実際に、あそこに国を作ることなんか彼らは考えていないはず。世界中で同時多発テロを起こして、混乱を広げ、事態の収拾を遅らせるつもりでしょう。しかし、そんなにすぐに義勇兵は行動を起こすんでしょうか？　残された時間は三十時間ちょっとです。少なくとも大規模なテロを準備する時間はないでしょう」

「そうともいえないだろう。事前にサリンを用意しておいたとすれば、義勇兵にソウルの中心部で蓋を開けろと指示するだけでかなりの被害が出る」

想像したくない事態だが、確かにその方法はある。

「応募する人間はいないと思いたいが、市民権の予約にあれだけの人数が殺到していることを考えると、義勇兵が騒ぎを起こす可能性は低くない。この事件の捜査、あちこちで発生しているデモや騒動の鎮圧、そして義勇兵への対処。韓国と日本の警察は動きがとれなくなってしまう。戒厳令を出すかな？」

恐ろしいことを村中がさらっとつぶやいた。

「先生、本気で言ってますか？　戒厳令なんか出したら、かえってとんでもない騒ぎになりませんか？　市民団体や野党が吠えますし、戒厳令を無視してデモを始めたらどうなります？」

「思うつぼだね。うーん、だが、こちらからは手が打てない。相手はある意味セオリー通りに戦いを仕掛けてきている」

セオリー……サイバー空間における戦いでは攻撃者が絶対有利だ。まず、相手は原発テロと気球のダーティボムで完全に先手を打った。さらにリアンクール共和国独立と義勇兵で次々と新しい攻撃を仕掛けてきている。

守勢に回っている限り、こちらに勝ち目はない。だが、攻撃に転じるためには、相手と狙いを特定しなければならない。

今回のケースでは犯人もその目的もわからない。攻撃のしようがない。このままでは完全に負け試合だ。

「挽回するにはせめて目的だけでも特定しなければなりませんが、日本にその能力はないですよね」

草波が村中を見る。

「僕も全てを知っているわけじゃないけど、ないだろうね」

「なにも変わってない」

草波は唇を噛んだ。自分がここを出た時となにも変わっていない。相手を特定するためには、監視システムとボットネットが不可欠だ。

あらゆる通信を傍受、記録し、ソーシャルネットワークやメールの内容を解析する。

たとえば、ツイッター、フェイスブック、ガーゴイルなど主要なインターネットサービス事業者や通信事業者のほとんどがアメリカ国家安全保障局（ＮＳＡ）に情報を提供している。

ＦＢＩもサイバーテロを念頭におき、犯罪が起きてから動き出すのではなく、広範な監視システムからのデータを元に予防活動に力を注ぐようになっている。

そしてサイバー軍需企業を使って秘密裏にボットネットを構築し、全世界のネット利用者の端末から情報を盗み、解析している。同時に、その端末に対して他から攻撃が来ていないかをチェックすることでネット内での他の組織の動きを察知している。

日本が国家として安全を維持するつもりなら、同様の仕組みは不可欠のはずが、いまだ存在しないし、これからも存在しない可能性が高い。

＊　＊　＊

インターネット安全安心協会の理事室では黙々と大場が作業を続けていた。すでにアンダーグラウンドマーケットには、アレクセイのハードディスクを売りたい旨の告知が掲載されている。大場はほぼリアルタイムでその記事へのアクセスを監視し、問い合わせを待っていた。

「こういう告知があっても罠だと思うヤツの方が多いと思うんですけどね」

大場がぼやくと吉沢が寝そべったまま、「可能性が低くてもやるしかないよね」と答える。

「あ、あれ？　問い合わせが来ました。それは本物かって訊いてます。ええと、このとんこつ次郎ってヤツ、僕知ってますね。くわしくは知りませんけど、界隈ではよく見かけるヤツです。秋葉原のパソコンショップで働いてます。感染させなくても確認できると思います。さりげなくこっちがアレクセイのハードディスクのバックアップを預かってて、他にも預けてそうだからどっかにまるごとアップされる前に売りに出したとか言っときます」

「よくそんなウソ考えつくね」

「吉沢さんほどじゃないです」

「もう返事が来た。バックアップを預かってて、持ち主が死んだからどうしようか迷ってたらしいです。本当かなあ。でも、ウソつく意味ないですよね。買い手がいるって教えますか？」

「いや、時間がもったいないから直接そいつんとこに行くよ。そのパソコンショップに行こう」

「えぇっ!?　直接ですか？　でも、僕、会ったことないですよ。顔わからないです」

「なんとかなる。とんこつ次郎の働いてるパソコンショップに案内して」

大場はあたふたとパソコンショップの場所を調べ、変装のつもりなのかロイド眼鏡を丸いサングラスに変える。


秋葉原の蔵前通りを入った路地に、小さなパソコンショップがあった。どちらかというと、パーツ屋に近い。細長いビルの一階と二階がショップでその上はメイド喫茶がある。

躊躇する大場を従え、吉沢はずかずかと店内に入る。金属製のラックに乱雑にパーツが並べてある。ほとんど倉庫のような店内に数名の客がいた。吉沢を見るとぎょっとした表情になる。

「いらっしゃいませ」

やる気のなさそうな店員の挨拶をスルーし、一番奥にあるレジの店員に警察手帳を示し、「とんこつ次郎っているでしょ？　会いたいんだけど」と言う。

「と、とんこつ？　次郎？」

店員は言われた意味がわからないといった表情でオウム返しした。吉沢は舌打ちし、狭い店内をぐるりと見回すと、「二階だ」と大場に怒鳴り、階段を早足であがる。上り切ったところにある扉を開けると、中は半分が物置のようになっており、半分の壁にメモリやハードディスクの名称と価格が貼られていた。

　客はひとりもおらず、女性店員がレジでパソコンを操作していた。おかっぱに眼鏡のもさっとした感じの若い女だ。赤いリボンの付いた黒いワンピース、化粧はほとんどしていないが、妙に肉感的な身体つきをしている。

「ねえ。とんこつ次郎はどこ？」

　吉沢が警察手帳を見せて訊ねると、女は画面から目を離さず、

「とんこつ次郎さんは、今日は来ないと思います」

と答えた。鼻にかかった甘い声は野暮ったい恰好に似合わない。

「吉沢さん、いないんじゃしょうがないですよ。店の人に本名や住所を確認しましょう」

　大場がため息とともに情けない声を出す。

「その手もあるけど、本人がいるんだからそんなまだるっこしいことしないでもいいでしょ」

　吉沢はそう言うと、女性店員をにらんだ。

「そうでしょ。とんこつ次郎さん。女性とは思わなかったな。下の店員は、とんこつ次郎の名前を知らなかった。当たり前のように知ってるあなたが本人の可能性が高い」

　女性は画面から目を離さないが、キーボードを叩いていた手が止まった。

「違いますし、令状お持ちでしょうか？　なければなにもできないと思います。店員の連絡先だって開示しません」

声が硬く高いものに変わった。それを聞いた吉沢は楽しそうな笑みを浮かべた。

「扉を閉めて、鍵を掛けて」

鋭く大場に命じ、女性店員の両肩をつかんでレジから引きずり出した。店員はいとも簡単に持ち上げられた。短めのワンピースの裾が乱れ、白い太腿がのぞく。机が倒れ、パソコンが床に落ちて激しい音を立てる。

「きゃあ……」

悲鳴を上げかけた女の顔面に吉沢が容赦なく拳をたたき込むと手を離した。鈍い音と同時に女性が床に倒れる。鼻がおかしな角度にひしゃげ、鼻血が吹き出す。口の中からも血があふれ出す。両手で顔を押さえようとするが、手が鼻に触れると激痛が走るらしく、顔の近くで手を止める。

「う、あううう」

うめきながら這って離れようとする店員の顔を吉沢が足で踏みつける。大場は扉を閉めて鍵をかけたものの、あまりの暴行に青くなって立ちすくんでいる。

「見てわかると思うんだけど、僕って格闘技やっててね。そこで人生で大事なことを学んだんですよ。圧倒的な暴力や死の恐怖を前にすると人間は無力ってこと」

くすくす笑う吉沢の顔を女性がにらみつける。両手で顔をかばい、苦しい息をしながら声を絞り出す。

「こんなことをしたら、あなたもただではすみませんよ」

「元気だなあ。僕はそういう元気な人が大好き。いいことを教えてあげよう。日本でもっとも捕まりにくい犯罪は詐欺と殺人。殺しちゃえば、まず大丈夫。死体の始末さえ間違えなければね。だから安心していい。警官に殺されたら、よほどのことがない限り泣き寝入りだから」

吉沢は女の顔から足をのけると、腹部を蹴飛ばした。ぐえっと声を出し、苦痛に転げ回る。

「どうしました？　なにかあったんですか？」

異常に気づいた他の店員が二階の扉の向こうで叫んでいる。

「大丈夫です。ちょっとお話をうかがっているだけです」

大場が震える声で答える。

「いいねえ。そういう感じで、誰も入れないでおいてね。さすがに店員ふたり殺すとやっかいだから」

床にうずくまっている女に目を向け、「ハードディスクをちょうだい」と声を掛けた。

「は、はい」

女は血のしたたる顔を上げ、よろよろと立ち上がった。吉沢に背を向け、物置に向かう。と見せかけて、振り向くと手にしたナイフを突き出す。

吉沢はひょいと体をかわし、手刀を女の手首にたたき付ける。ぼきりと音がして女の華奢な手首が折れ、白い骨が皮膚を突きやぶってあらわれた。絶叫がほとばしる。床に倒れて、「痛い。痛い」とわめきちらす。

「ほんとに元気だなあ。でもほどほどにしておいた方が身体のためだよ。それとも死にたいの？」

吉沢が笑顔のまま見下ろすと、女はわめくのを止めた。

「そうか。死にたいんだ」

吉沢のつぶやきに、女は声を殺して泣き出した。

「大丈夫ですか？　綾野《あやの》さん、どうした？」

扉の向こうから声がする。

「大丈夫なんですか？」

大場自身も吉沢に尋ねる。どう見ても大丈夫ではない状況だが、吉沢は平然としている。

「大丈夫。もうハードディスク渡してくれるでしょ。ねえ、綾野さん」

吉沢が綾野と呼ばれた店員の首根っこをつかんで立たせると、綾野は泣くのを止め、「はい」と答えた。

＊　＊　＊

草波と村中は、なすすべもなくテレビ会議の映像をながめていた。

――韓国政府から内々に連絡が来ました。今回の事件は、あくまで韓国内で発生した事件であり、国内で処理する。場合によって米軍の協力を仰ぐ可能性はあるものの、日本への協力要請は今のところ考えていない。とのことです。

画面の向こうから声が聞こえてきた。わざわざ通知してきたということは外交交渉が失敗したのだろう。協力して解決に当たるのは不可能になった。

――補足いたします。すでに韓国内では報道されていますが、今回の事件が日本政府による罠という噂が韓国内で広まっています。気球型ドローンに日本のメーカーのチップが使われていたことが発端で、そのチップを使って日本政府がひそかに遠隔操作しているのではないか、全て裏で糸を引いているのではないかというふうに尾ひれがついたようです。

――そんなことあるわけないだろ。だいたい、気球型ドローンの制御だけ奪っても、なにもできない。

――移送容器ドローンの金属キャスク部分については、大神戸製鋼が技術協力しています。

――だからなんだ。そんなことを言い出したら、なんでも少しは関係あるぞ。だいたい日本政府がそんなことをして、なんのメリットがある。

――竹島の実効支配を奪うことが目的だと言われています。この事件発生直後からネット上で日本の関与を疑う声が出始め、どんどん広がって世論を形成しています。ここで日本と協力するなどと言い出すと、韓国大統領の政治生命に関わります。

草波は寒気がした。まさかとは思うが、テロリストが意図的に世論操作しているのではないかという疑問が湧いてくる。

「君はテロリストたちの打った手がうまくいっていると思うかい？」

村中が突然草波に訊ねた。訊くまでもないことだ。うまくいっているに決まっている。そうでなければ、ここまでの大騒ぎにならなかった。しかし、あえて村中が訊ねてきたことにはなにか意味があるはずだ。

「違うんですか？」

「僕は犯人の仕掛けたことの半分も実現していないんじゃないかと思う」

「お言葉ですが、現状を見る限りそうは思えません。現にこれだけの大混乱を引き起こしています」

草波は村中の意図を図りかねた。どう見てもうまくいっている。どこが失敗しているのだろう？

「僕はこの騒動が始まってしばらくしてから、ずっと違和感があったんだ。つまり、これだけ用意周到な犯人にしてはおかしいことがある。それも根本的な問題だ」

村中に言われて、草波も自分の違和感を思い出す。なにかが引っかかるような感じは今でもする。このもやもやはなんだろう。

「その問題とはなんですか？」

「どれも確実ではない。気球がよい例だ。ネットを通じて匿名で手配できるのは素晴らしいことだが、キャンセルになったり、依頼した相手が失敗したりする可能性もある。うまく機能しないこともあるし、先に勘づかれて予防措置を講じられてしまう可能性もある」

確かにその通りだが、理由は簡単のように思える。

「おっしゃる通りです。でも、確実性を犠牲にしても自分の身を匿名のまま安全に保つことを優先したと考えられませんか？」

言いながら、違うと感じる。犯人はそういう発想をしていない。なにか違う視点で計画を立てて実行しているのだ。

「それはひとつの側面からの回答として正しい」

村中が学生の意見を否定する時によく使う表現だ。ひとつの側面からの回答、とは見落としがあると暗に指摘している。なにを見落としているというのだろう？

「犯人はこの計画にかなりの時間と金をかけている。仮に逮捕を免れたとしても、失敗は相当なリスクだ。だからなんとか成功させたい。しかし、安全を保つためにネットの匿名サービスを使えば直接コントロールできないから成功の可能性を高めることはできない。その場合、打つ手はひとつだ」

「その答えはわかります。でも、それはいくらなんでも無茶です」

「僕はそうは思わない。今起きていることは、それぞれ独立した事件であって、相互依存性の高いものは限られている。そうなっている理由はやはりひとつだ」

そういう見方をすれば確かにつじつまは合う。しかしそれにしても無茶だ。

「成功の確率を変えられないなら試行回数を増やせばいい。この場合は、テロの仕掛けを僕らが見ているもの以外にもたくさん用意していたってことですよね？」

「その通り、クリティカルなのは最初の原発ジャックだけ。それが成功したら、後は失敗しても他のもので代替可能だ。気球はセンセーショナルだが、あれがなくても主要各国に勝手に宣戦布告するという手や、使用済み核燃料を希望する組織に与えると発表する方法もあった。騒ぎをでかくするだけならいくらでも手はある。リアンクール共和国独立、各国のソーシャルネットワークの操作、義勇兵の公募はいずれもそれぞれ独立して実行できる」

「じゃあ、もしかしたらすでにいくつか失敗しているかもしれないっていうことですか？」

「確率的にはテロリストは何度も失敗しているはずだ。失敗しているから事件にならず、我々にもわからないのだろう」

テロリストは何度も失敗している……その言葉に草波は少し希望が持てた。周到に計画し絶対失敗しない恐ろしい犯人ではなく、当たり前のように何度も失敗している。ならばクリティカルななにかを見落としていることもあるかもしれない。

「僕はずっとうまくいき過ぎていると思っていた。おそらくみんなそう思っているだろう。でも、こんな大胆で荒唐無稽な計画が全て予定通りに進むはずはない。そこでもしかしたらと考えた。占いやいかがわしい予言のように、たまたまうまくいったものだけ見えているだけで、本当はうまくいかなかったものの方が多いのかもしれないとね」

なるほどと思うが、その知見を事態の収拾にどのように役立てればよいのだろう。

「僕らは今見えているものだけで、犯人の目的やこの後の行動を推測しようとして難航している。失敗したケースを加えれば見えてくるものがあるかもしれない」

「なるほど、それは考えつきませんでした。調査対象を広げるべきですね。提案しましょう」

「すでに僕の研究室のメンバーが調査を始めている」

「研究室のメンバー？」

本来なら学生がやるようなことではない。

「もう割ける人員がいないんだよ」

村中は苦笑した。

＊　＊　＊

ハードディスクは手に入ったものの、莫大な情報を前に、吉沢はうなるしかなかった。データはきれいに分類されているようだが、とにかく量が多い。人海戦術でチェックするしかないだろう。人手を集めなければならない。

インターネット安全安心協会に持ち帰り、最初に自分で中身をざっとながめて、気になるものを確認した。それから、協会の職員数人に解析をまかせ、自分は手がかりをもっていそうな人物に連絡してみることにした。

防衛大学校の草波曹長だ。今回のテロを予言するような論文を書いていた。防衛大学校で作戦会議に参加しているはずだ。連絡先は確認してある。吉沢はスマホを手にすると、教えられた番号を押した。

草波はすぐに電話に出た。

「はい」

訝しげな声だ。無理もない。このタイミングで知らない番号からかかってくれば嫌でも不審に思う。

「警察庁、いや、インターネット安全安心協会の吉沢です。警察庁のサイバーテロ対策推進室で草波曹長の番号を教えてもらいました。リアンクール事件の捜査で手がかりになるかもしれないハードディスクの解析を行っております。お知恵を拝借《はいしゃく》できればと思って失礼を顧みず連絡差し上げました」

「草波です。ハードディスクとはなんの話でしょう？」

こちらの正体がわかって、少し声の緊張がほぐれた。

「僕もわからないんですよ。世界中のアンダーグラウンドからいろんな情報を集めていたアレクセイという男がついこの間死亡しましてね。どう考えても不審死なんですが、警視庁はろくに調べずに病死で処理してたんですよ。で、気になったのでハードディスクを回収しました。何テラバイトものいろんな情報が詰まっていました。漏洩した個人情報から韓国原発の設計図までなんでもあります」

電話口の向こうで息を呑む音がかすかに聞こえた。

「ありとあらゆるネット上の取り扱い注意の情報です。もしかしたら、ここに今回のテロリストとの関わりが見つかればと思ったんですけど、とにかく莫大な情報量なのでなにか手がかりを教えてもらえるとありがたいと思いましてね。もしテロリストがこのハードディスクの情報を狙ってハッカーを殺したのなら、なにがほしかったんでしょうね？」

「その情報というのはハッキングして盗み出したものですか？」

「いや、アンダーグラウンドで売られていたり、さらされていたものばかりです。だから、ある程度知ってる人間なら入手できるものがほとんどです。ただし、ここまで網羅的にそろっているのは他にないかもしれないですね」

「どうもイメージが湧きません。思いつくままに挙げると、原発情報、ドローン関連の情報、関係者の個人情報、脆弱性情報……」

「うーん。とりあえずそのへんの情報をリストにしてみるんでできたら見てもらえますかね？」

「見ますけど、わかるかなあ」

「わずかな可能性ですけど、ここから犯人を特定できるかもしれないんでね」

「今さら特定しても、手が出せないでしょう。だって、もう気球は空に浮かんでるんですよ」

「犯人を確保して、殴って言うことをきかせればいいんでしょう」

「犯人が日本国内にいると思っているんですか？」

「可能性の話です。それ以外の可能性は手出しできませんからね。可能なことを潰していくしかない。徒労になるかもとか考えない性質なんでね」

「よろしくお願いします。ええと、吉沢さんのお噂はかねがねうかがっております。一度、お話してみたいと思っていました。こんな形で言葉を交わすことになるとは思いませんでしたが」

「へえ、僕に関心を持つのはとくに志が高い人か、どうしようもなく低い人が多いんです。草波さんが志の高い人だといいなあ」

「僕は……一介の愛国者です」

「近いうちに会いましょう。では！」

電話を切った吉沢は満足した笑みを浮かべた。予想以上におもしろそうな男だった。「一介の愛国者」という言葉は気に入った。

＊　＊　＊

内山千夏子は画面の隅にニュースサイトを表示させ、時折横目でながめながら仕事を続けていた。ふと、母に外国に行くかもしれないと打ち明けた時のことを思い出す。

「もしかしたら外国で働くかもしれない」

一カ月前、思い切って母に打ち明けてみた。いつかは話さなければならないことだ。先延ばしにしてもよいことはない。

「なに夢みたいなこと言ってんの？　子供抱えてそんなことできるわけないでしょう」

最初、母は冗談か夢物語だと思ったようだ。

「働かないかっていう誘いをもらってさ。向こうだと、子供の面倒をみてくれる施設もたくさんあるっていうし、これからは啓一《けいいち》だって英語できた方がいいし」

「本気？　ほんとに大丈夫なの？」

疑いと困惑の混じった表情。私がおどおどしているせいもあるだろう。だってウソなのだから。親にこれほど露骨なウソをついたのは初めてだ。

「うん。まだ決まったわけじゃないけど、もし啓一のこととかも大丈夫そうなら、やってみようかと思ってる」

「それ、いつからなの？」

「十月くらいから」

「あんた、すぐじゃないの。いろいろ準備とか間に合うの？」

「それは大丈夫」

「仕事は？　辞めること言ってあるの？」

「まだ決まってないから」

「はー、ほんとになんて言うか」

母はそこで言葉を切って、長いため息をついた。少しだけ申し訳ない気持ちになったけど、これから私と啓一が生きていくためには仕方がないと割り切るしかない。

「ごめん」

「謝ることなんかないわよ。それより、啓一にはまだ言ってないんでしょ。決まったらちゃんと話すのよ」

「うん」

常識で考えたら四十代前半のSEの女に、外国企業から託児施設つきの仕事のオファーなんかくるわけない。ずっと専業主婦だった母には、わからないのは幸いだ。

二十六歳の時、同じ職場の男と結婚した。正直言って誰でもよかった。子供を持つことにあこがれがあったし、結婚もしてみたかった。それに母に育児を手伝ってもらえば、仕事を続けられると考えていた。

現実はそううまく行かなかった。夫は共働きしている頃から、専業主婦になればいいのに、とぶつぶつ言うようになり、家事の役割分担も守らなくなった。挙げ句に、「オレの方が稼いでるんだから」と言い出した。

他人が一緒に暮らす難しさはある程度想像していたが、それをはるかに上回るストレスだった。それでもすぐに離婚しようとは思わなかった。相手に対する愛着もあったし、向こうも機嫌のよい時は優しく接してくれた。

こういう行き違いは些細《ささい》な問題で、だんだんなくなるだろうと思った。特に子供ができれば共通の目標もできるから、きっとうまくいく。そう信じていた。いや、信じようとしていた。

今思い返すと、負けが込んでいるバクチに熱くなってさらに金を突っ込む愚行だった。子供ができると、うるさいから静かにさせろだの、母が手伝いに来るのが嫌だの、しまいには仕事を辞めて子供の面倒をみろと言うようになった。

結婚する前に、子供ができても仕事を続けたいと言い、ちゃんとわかってくれていたはずなのに心変わりにもほどがある。全く申し訳ないと思っていないことが許せない。夫は被害者であって、妻であり母である自分に足りないものがあるからこうなったと言いたげだ。

やっかいなことに相手の両親もそれに賛成で、顔を合わせるたびに家に入った方がいいというよけいなおせっかいを口にし、週末は用もないのに我が家に訪ねてくることもあった。

千夏子の父も相手の両親の意向を知ると、専業主婦になれと騒ぎ出した。唯一、母だけは千夏子の味方をしてくれた。

なにもかもが、こうなりたくないと結婚前に自分が考えていた方向に進んでいた。罠にはまったみたいだ。そんな精神状態だから子供にもついきつく当たってしまうことが何度かあった。

絶対に手を上げないようにしようと思っていたのに、気がつくと子供をひっぱたいていたことは二度や三度ではない。ほとんど毎日だ。もしかしたら、これは虐待ではないか？　と自問自答するようになった。

ある夜、子供がむずかって泣き出すと、夫がうるさいから黙らせろと怒鳴った。

「そんなにうるさいなら出て行きます。離婚しましょう」

無意識にそう言っていた。驚くほど静かで冷たい声だった。自分にこんな声が出せるのかと思った。

かなりショックを受けたようで、夫は青い顔でなにも言わずに固まっていた。千夏子は、明日には当座の荷物だけ持って出て行きますと続けた。

「なにバカなこと言ってるんだ。わがままもいい加減にしろ」

夫の弱々しい声を耳にして、小気味よい気分になった。夫は不安になっている。今の生活を失うのが怖いのだ。でも、奪い取ってやる。そうしなければ自分が壊れてしまう。

「いいえ、ずっと我慢してきたけどもう無理」

それから夫が反論し、千夏子はさらに言い返した。その時のことはくわしく覚えていない。口論しているうちに感情が昂ぶって、わけがわからなくなっていた。

実家の父は千夏子の顔を見ようとしなかった。ただ、「バカなことをして」とぶつぶつつぶやいただけだ。母は予想以上に優しかった。

「私だって何度も離婚を考えたことがある。でも、私は働いたことがなくて、ひとりになったらどうやって食べていけるか自信がなくて怖かった。千夏子がうらやましい」

父が先に休むと、母は昔の話を語り、離婚には反対しないと約束してくれた。日本の女は、幼い頃に受け継いだ自分の名字を奪われ、家事と育児で人格と人権を放棄させられる奴隷なのだと母はぼやき、お前はもう奴隷じゃないと千夏子を励ました。

専業主婦で父と仲むつまじく暮らしていると思っていた母の意外な本音に千夏子は驚いた。同時に勇気が湧いた。奴隷のように扱われていたのは自分だけではない。がんばらなければ、また奴隷に逆戻りだ。

結局、離婚し、いまは実家に身を寄せて啓一を育てている。とはいっても、実際には母にまかせっきりに近い。三十歳を越してから残業が半端なく増えた。しかもほとんどはサービス残業だ。疲弊するばかりで収入は変わらない。会社から追い出すために、わざときつい仕事を回しているんじゃないかと思うくらいだ。

ただセキュリティがらみの仕事もするようになったおかげで、勉強会やカンファレンスに行かせてくれるようになった。

そこで彼女、鹿賀史子《かがふみこ》と知り合った。最初、話しかけられた時は、どこといって特徴のない女だと思った。百六十センチほどの身長に、きれいでも醜くもない容姿。服装もおとなしめで人込みにまぎれると簡単に見失ってしまう。

でも、中身がとんでもなかった。

「なんで子供を産んだの？　バカなの？」

最初、話をしたのはカンファレンスの後でお茶した時だった。千夏子が仕事の愚痴をこぼし、つい息子のことを話したらそう言われた。

「言われちゃったな」

軽く受け流したつもりだったが、かなり驚いた。ほとんど初対面の相手に、これほどあっけらかんと言う人は珍しい。悪意がないのは明らかなので許せたが、相手が男性だったら二度と口をきかないレベルで怒っただろう。

「はぐらかさない方がいいよ。明らかな過ちなんだから、ちゃんとそれを自覚して対処しないと幸福になれない」

ひどい言われようだが、史子のさばさばした口調で言われると腹が立たない。それに彼女が話していることは、自分自身で感じていることに近い。

「明らかな過ちですか？」

「うん。話を聞いている限りでは、これといった明確な目標や理由がない。その状態で子供の人生の責任を引き受けたのは判断が甘すぎる」

「多かれ少なかれ、みんなそうじゃないんですか？」

頭の中では史子の方が正しいとわかっていたが、それでも言い訳の余地くらいほしい。

「そうかもしれない。『人は罪なくして親たりえない』って言葉は、そういう人たちに捧げられてるのね」

子供を産むのは罪なのか……一瞬言葉に詰まった。

「誰の言葉です？」

「無責任な親に産み落とされた子供の言葉」

史子は意味ありげに微笑んだ。

「はあ」

ここまで子供のことで徹底的に間違いだと言われたのは初めてだ。誰しも子供のことでは少し遠慮してくれる。それに甘えていたのかもしれない。たいした覚悟もなく、子供を育てられるほど日本の現状は甘くないのだ。産めばなんとかなると思ったのは判断の誤りだ。

「ごめん。言い過ぎた」

全く悪いと思っていない様子で史子は謝った。

「全然、そう思ってないでしょ」

「まあね。だって間違ったことを言ってないもん。謝ったのは、あなたの気持ちを傷つけたかもしれないから」

「ありがとう」

「でも、もうちょっと先のことまで考えて行動するようにした方がいいと思うよ。今の仕事を定年まで続けられると思っている？　定年まで勤めた女性社員はいる？　前例がないことをやりとげるような気概はないでしょ？」

なんでここまで言うのだろう。ずかずかと心の内側に踏み込んでくる。

「……」

「ごめん。よけいなこと言った。気になると、どうしても言い過ぎちゃう。もう言わない」

千夏子は迷った。ここで会話を中断して帰ることもできる。話題を変えることもできる。このまま話し続けることもできる。それにしても、「定年まで勤めた女性社員はいる？」というのはきつい質問だ。定年退職した女性社員はほとんどいないし、多くの女性社員はそれを望んでいない。いや、男性社員も望んでいない。つまり会社には長くはいられないのだ。しかし会社を出た後の行き場はバラバラだし、ろくなところがない。本当にみんなはどうやって生きているんだろう。

気がつくと、千夏子は史子と話を続けていた。それから千夏子と史子は定期的に会うようになった。

＊　＊　＊

　辻の目は画面に釘付けになっていた。さきほどからオペレーションの全員が気球の制御システムをハッキングしようとやっきになっている。ハッキング方法がわかれば安全に着地させることができる。

　だが、おかしい。有効なはずのコマンドも受けつけないのだ。なにか不具合が生じているのかと思ったが、乗っ取った気球全てがコマンドを受け付けない。受け付けたのはパスワード設定とライトの点灯くらいだ。

　わけがわからない。理解不能という声がチャットルームにあふれる。奪われたくなければ最初からログイン方法を公開しなければいい。わざわざログイン方法を公開した上で、コマンドを拒否する理由がわからない。

　ただ、アクセスできたおかげで稼働しているOSを特定できたし、制御システムも汎用制御システムRADAとわかった。そのどちらかのハッキングに成功すれば事件は解決する。

　――ねえ。いくつかの気球が動いてるんだけど、気の早い連中がもうなにか始めたのかな？

　あれってこのオペレーションで制御を奪ったっていってたヤツだよね。

――ほんとだ。そういや、さっきニュースで韓国政府や日本政府が気球を操作できないって発表してた。ウソだと思ってたけど、本当かもしれない。

――おいおい。ほとんど全部気球が動いてるんじゃないのか？　誰か気球にコマンドを送ったか？

――送ってないなら動くわけないだろ！

――ええと、本職の職場で制御を奪ったはずの気球も動いてる。こっちも誰もなにもしてないぞ！

――お前、そっち関係だったのか？

――うるさい。黙ってろ。

――どういうことなんだ？　気球は勝手に動いてるってのか？

――でも、それぞれ違う方向に移動しているぜ。いろんな連中が勝手に操縦してるように見える。これってそういう罠？

ぎょっとした。気球を映している韓国のテレビ中継の映像を見る限り、明らかに気球はいくつかの方向に動き出していた。チャットルームで一斉に何人もがしゃべりだし、混沌となった。

――アメリカが制御を奪った気球が、中国に放射性廃棄物を運んでるんだ。勝手に動いてるって言っても信用されないだろ。少なくとも世論はそうなる。

誰かがつぶやき、辻は事態がどんどん収拾のつかない方向へ進んでいることを実感した。

＊＊＊

ブライアンは六本木の日本支社にいた。日本政府からの発注をもぎとった。黒木はいま極日本社で日本政府との契約書を作っている。自分は極日との契約書を日本支社に作ってもらえば一仕事終わりだ。

名目はコンサルタント契約だ。金は日本政府が払うが、役務は日本政府が指定した第三者に提供する。要するに米軍と連携して気球のテイクダウンを実施する。

ワンステップ、成功への階段を昇った。

第4章

14:00

スリープウォーカー

原因も目的地も不明だし、誰が制御しているのかもわからないが、九十基の気球が移動を開始した。気球はそれぞれ中国、北朝鮮、ロシア、そして日本へと向かっているように見える。

――中国が声明を発表しました。我が国に危険を及ぼすものには予防的措置を講じる準備があるということです。つまり、中国領土内に気球が飛来する前に撃墜するという意味でしょう。

――それって他国の領空内で撃ち落とすんだろ。まずくないか？

――中国なら本当にやりかねないし、誰が制御しているのかわからないのだから、防ぐ方法はそれ以外にない。緊急避難だ。

――ロシアも似たようなことを言い出してます。あっちもやるでしょう。

――つまり、ほとんどの気球は韓国か北朝鮮で爆発するということか。残りは日本に向かっているようだし、最悪だ。

――しかし、中国もロシアも自国内に気球を移動させて解析しようとしてたんじゃないのか？

――だからそのつもりだったのに制御できなくてあてがはずれた上に、勝手に移動してくる気球があるから迎撃やむなしということになったんでしょう。国内で爆発されたくはないですからね。

――いずれにしても米軍とサイバー軍需企業が気球をハッキングしてくれれば全て無事に終わるはずです。すでに契約は済んでいます。計画の詳細はこちらには来ません。事後報告になるようです。

――我々にできることは待つだけか……

――結局、日本が金を払ったのか？

――その件についてはお答えできません。ただ、ブラックゲーム社が動いているとだけお伝えしておきます。

それはつまり日本政府もしくは関係機関のどこかが金を払ったということに他ならない。草波は忸怩たる思いだった。直接依頼して実行することができない歯がゆさにいらだちを覚える。あまりにもたくさんのものに縛られすぎている。

＊　＊　＊

「ねえねえ。なんか大変なことになってるみたいね」

カウンターからママが不二子に話しかけた。キンドルで読書していた不二子がカウンターの方に顔を向ける。

「どこの局も臨時ニュースを流してる」

ママがそう言って手招きするので、不二子は立ち上がってカウンターまで移動した。カウンターの奥に小さなテレビがある。初めて見たような気がする。

「そんなとこにテレビがあるなんて知らなかった」

「お客さんがいない時に、ひとりで観てるの。ほらほら」

ママが、数基の気球が草原を流れていく映像を指さした。

「気球の航路はいまだはっきりしませんが、このまま進めば数時間後に中国、北朝鮮、ロシア、日本の領空に達する見込みです。そして後三十八時間経過すれば爆発し、放射性廃棄物を撒きちらすことになります。

緊迫した情勢になってきました。気球の制御を奪った国で名乗り出ているのは当事国である韓国と日本、同盟国のアメリカだけです。しかし、それらの政府の発表によれば気球は勝手に移動を始めているとのことです。状況は混沌を極めており、情報が錯綜《さくそう》し、どれが本当か私どもわかりません」

キャスターが深刻そうな顔で状況を伝えていた。スタジオには見たことのあるタレントや評論家数名がテーブルについてじっとキャスターに聴き入っている。

キャスターの話が一段落すると、司会者らしきタレントが中央に進み出た。

「現在、日本は未曾有《みぞう》の危機に陥っています。さまざまな情報が入り乱れて、どれが本当のことかわからなくなっています。くれぐれも誤った情報に踊らされないように注意してください。では、確認されていることをひとつずつおさらいします」

そう言うと、ボードに箇条書きされたものを指さす。

「韓国の第二古里原発が乗っ取られて、使用済み核燃料を積んだ気球が百基上空に舞い上がりました」

書かれている文章を読み上げ、確認するように指先で数回叩く。

「そして、今それは移動を開始しています。犯行声明を出したテロリストの名前は、リアンクール・オペレーションで、目的はリアンクール共和国の独立についての韓国と日本の承認および国交樹立そして韓国武装警察と軍の即時撤退。彼らが発表した内容によれば、気球は四十八時間後に爆発し、使用済み核燃料を撒き散らします。四十八時間以内であっても高度が一定以下に下がるか、ネット接続が遮断されると爆発します。百基のうち九十基の気球の制御は解放されており、最初にアクセスした人間が乗っ取り、好きなところに移動させたり、爆破したりできます。ただし、高度が下がった時および四十八時間経過後に爆発するのは変えられません。新国家の市民権の予約を開始しました。その後、義勇兵の募集も始めました」

司会者はそこで他の出演者たちに目を向けた。

「ここまではわかっていることですね。では未確認情報として出回っているのはどんなものでしょう？　吉田さん、いかがですか？」

司会者は評論家に話を振る。

「アメリカ、韓国、日本などが気球を乗っ取ったと発表している他、アノニミティなどグループも乗っ取ったようです。乗っ取ったものの、移動させるコマンドが働かず、勝手にどこかに移動し始めたと言っています。しかし、それはウソだという話もあります。こればかりは、当事者以外にはわからない。これが今一番騒ぎになっていることです。

アノニミティがリアンクール・オペレーションに協力することになったという話も出ています。これはアノニミティメンバーのツイッターからの情報が広まったものです。ただし、一部のアノニミティメンバーからは、事実無根で乗っ取られたアカウントの発言であると言っています」

ネット評論家という肩書きの男性が、したり顔で解説を始めた。

「他はなにやってるのかしらね。さっき見たら他にも事件が起きてるみたいよ」

ママはチャンネルを変えた。

「総合商社極日に爆破予告が送りつけられました。ええと、ただいま入った情報によると他の商社や金融機関にも爆破予告が送られたようです」

その局ではオフィス街から中継していた。テロップに、「リアンクール共和国の義勇兵が活動開始。爆破予告が相次ぐ」と表示されている。不二子は目を見開いた。ついさっき義勇兵の募集を始めたと思ったら、もう事件が起きている。

ライブ中継はすぐに中断され、スタジオに戻る。

「六本木ヒルズでボヤ騒動です。遠隔操作可能な発煙筒が数個しかけられていた模様です。都内数カ所で似たような騒ぎが起きています。いずれも軽微なものです」

早口でキャスターがニュースを読み上げると、すぐに都内各所の現場からライブ中継に切り替わった。いずれも多数の野次馬でごった返している。群衆が口々になにかを叫んでいる。レポーターの声がボヤ騒ぎよりも集まった人々の声にかき消される。

ボヤ騒動よりも不穏な雰囲気の方が危険に見える。

放送局のスタッフらしき数人がレポーターの周囲にロープを張って、集まってくる人々を食い止めている。

「こちらにはボヤ騒ぎを気にした人々が多数押しかけています」

レポーターがそう言ったとたん、周囲から怒声が押し寄せた。

「適当なこと言ってるんじゃねえよ。お前んとこは韓国から金もらってるんだろ。だから韓国の仕業だって言えないんだろ」

とんだとばっちりだ。なぜこの人たちが韓国とこのテレビ局を攻撃するのか不二子には理解できない。頭の悪い人はどこにでもたくさんいるということなんだろう。

「これは戦争なんだよ。とっとと韓国を攻撃しろ」

「いくら韓国からもらってるんだ」

「中国からも金もらってるだろ。乞食かよ」

どうやらボヤ騒ぎで集まってきたのではなく、ライブ中継に乗じて鬱憤をはらしにきたらしい。

「一部の人々は韓国の自作自演を信じており、自衛隊を第二古里に派遣して気球を全部韓国内で撃墜しろと主張しています。もちろん、そんなことはできません」

レポーターが火に油を注ぐようなことをつぶやき、騒ぎはさらに激しくなった。

「なんだか、映画みたい」

不二子がぼそっとつぶやくと、ママがうなずいた。

＊　＊　＊

草波の参加しているテレビ会議も混沌としてきた。

――韓国と日本の各地でデマが飛び交い、爆破予告など騒動が散発しています。いずれもたいしたものではありませんが。いちいち出動しなければならないので現場は大変です。

「脅迫状を送りつけるだけの義勇兵なら、お手軽で誰でもすぐできる。それにしても末期的だね。敵の術中にはまっている。これでこちらの人員は相当削られるし、報道も追い切れなくなる」

村中が淡々とした口調でつぶやいた。ここまでかき回されると、さすがに状況把握が難しくなってくる。

「今回の事件は歴史に残るだろう、過去に類を見ないサイバーテロとしてね。戦場は最新兵器の実験場と言うが、今回もそんな気がする」

草波も同感だが、村中の言葉には裏があるように感じた。

「新しい兵器？　ドローンのことですか？」

「ドローンもそうだ。断定はできないが、敵は最新の手法で攻撃してきている。単純にサーバーに侵入してデータをばらまくのではなく、戦略的に国家規模の攻撃を仕掛けていると言える」

「いや、でも、それを言うなら二〇一三年三月の韓国の方が金融機関まで麻痺しましたから深刻でしたよ」

「原発はインフラの一部だよ。それに、犯人たちはいつでもインフラを麻痺させられる力を持っているはずだ。それをしない理由があるんだろう。わざわざ使用済み核燃料を吊り上げなければならなかった理由やリアンクール共和国をでっち上げた理由」

「確かに今回の犯人なら韓国や日本のインフラを破壊できたかもしれません。なぜそうはしなかったのか……」

「そのへんに犯人の目的があるのかもしれない」

――警察庁から過去のサイバー関連事案に関わったり、逮捕されたりしたことのある人物のあるリストが送られてきました。それぞれ心当たりのある者がいたら、お知らせください。

画面から声が響き、どよめきが聞こえた。はっきりとは言わないが、日本国内にいる犯人の仲間もしくは協力者の可能性がある人物たちだ。一覧で名前や簡単な特徴、経歴が表示される。

画面の向こうでは、こちらにデータがあるといった声が上がっている。

＊　＊　＊

黒木が青い顔をして避難しようと言い出したので、ブライアンはどうしたものかとしばし迷った。ここは日本だ。自分の知識が正しければ、爆破予告が実行される可能性は限りなくゼロに近い。あわてて逃げ出す必要はない。深刻な危険は目に見えないものだ。

「黒木さん、人間とはおもしろいですね」

ブライアンは微笑んでみせた。

「なんの話です？」

黒木はバッグに荷物を詰め込みながら答える。

「爆破予告には、そんなに驚くのにサイバー攻撃には無頓着だ。物理的な攻撃の方がわかりやすいせいでしょう」

「……そうかもしれません。でも、今はそれどころじゃないんですよ」

「そうか。テロリストたちは、そこを考えたのでしょうね。原発をハッキングで乗っ取って脅すのではなく、わざわざ気球で使用済み核燃料を吊り上げた。これでもかというくらいおおげさなパフォーマンス。あれがなければ、ここまでの大騒ぎにならなかった」

ブライアンは黒木のあわてぶりを観察しながらうなずく。

「さあ、避難しましょう。とりあえず御社の日本支社に匿ってもらうことになっています」

黒木はバッグを抱えてブライアンを促した。ブライアンは結局一緒にビルを出ることにした。もう契約は決まった。後は法務と日本支社で進めてくれる。自分の仕事はなにかあった時のバックアップだけだ。別に休憩してもかまわないだろう。なにしろサンフランシスコから飛んできて、ずっと仕事をしている。ひと休みしたい。

ビルを出るとカーニバルかと思うくらいに道路に人があふれていた。口々になにかを叫びながら行進している。なにを言っているかわからないが、どうやらデモらしい。

これと同じ光景をシミュレーション映像で見たことがある。サイバー軍需企業各社が開発しているソーシャルネットワーク誘導システムによる大衆扇動作戦。あれと同じものを使ったなら、いろいろつじつまが合う。

本社でちゃんと記録をとっていてくれるといい。実戦で使用された貴重な検証データになるし、そのまま自社製品のプロモーションに使える。敵国にそれと知られず、この規模の混乱を引き起こすことができるのは魅力的だ。

「まるでサイバー兵器の見本市だな」

ブライアンがつぶやくと、黒木はわけがわからないといった顔をした。

＊　＊　＊

インターネット安全安心協会のオフィスで、吉沢はお手上げといった様子でソファに寝転んでいた。その傍らで大場をはじめとする数人が、ひとつの大きな机に集まって解析作業を続けている。紅一点、包帯だらけの女性が交じっている。綾野ひとみ。秋葉原で吉沢に痛めつけられた店員だ。吉沢が店から連れ出し、病院に連れていった。

手当を受けた後、ハードディスクの解析に加わりたいと吉沢に泣きついてきたのだ。顔と右腕の包帯が痛々しい上、鼻骨が折れているせいで、声がうまく出ない。麻酔が切れて痛みもかなりあるはずだ。片腕が動かせないから、たいしたことはできないのだが、それでも必死に解析を行っている。

「このハードディスクそのものに意味があったわけじゃないかもしれないな。僕としたことが、まんまと騙されたかも」

吉沢の言葉に大場が振り返る。

「どういう意味です？」

「わからないねえ」

「自分で言ったくせに」

「ああ、だからこの中身のデータに意味があるんじゃなくて、これをアレクセイから奪った人間、ハードディスクが消えたことで動き出す人間に用事があったんじゃないかな」

大場が首をひねる。

「それって我々のことじゃないですか！」

「僕たち罠にはまって狙われてるのかな？　ハードディスクにGPSつけて追跡してたりしてね」

「でも、我々を狙う目的はなんでしょう？」

「また、そこになるね。この事件はなにもかも目的がわからない。ハードディスクは僕の見込み違いだったみたいだね」

吉沢は身体を起こし、腕組みした。

「いずれにしても中身は関係ない可能性も除外できない。解析は続けないといけないけどね」

吉沢の言葉に、大場とその場の数人がため息をついた。

「意味がないんですか？」

綾野が落胆した声をあげた。

「うん。ごめんね。でも、あくまでひとつの可能性だから。君には悪いことをした」

吉沢が答えると、綾野はなぜか頬を赤らめてうつむいた。

＊　＊　＊

画面から流れてきた情報に草波は慄然《りつぜん》とした。

――悪いお知らせです。ネット上のいくつかの匿名掲示板に、サイバー軍需企業各社の内部資料が公開されました。リアンクール共和国軍ＬＲＡ（Liancourt Republic Army）を名乗るグループの仕業です。おそらく義勇兵と思われます。公開された情報の中には脆弱性情報も含まれているようです。ブラックゲーム社のものも含まれています。使用予定だった脆弱性と今回公開されたものの照合を行っていますが、どうやら一致するようです。

なぜこんなことができるのだ。なんのためにそんなことをする。疑問と不安がわき上がってくる。

サイバー軍需企業の内部資料がネットに公開される事件は過去にも数回あった。大きなものは、二〇一四年八月のガンマインターナショナル社と二〇一五年八月のイタリアのハッキングチーム社の事件だ。

ガンマインターナショナル社は、フィンフィッシャーというスパイウェアを政府機関などに販売している企業として世界的に知られている。その顧客リスト、ソースコードを含む各種資料がネットにさらされた。

　ハッキングチーム社の漏洩では、未公開の脆弱性情報やツールのソースコード、数十社におよぶ顧客リストなど貴重な情報がネットにさらされた。日本の政府関係機関らしき組織とのメールのやりとりも含まれていた。

　手口はほぼ解明されたものの犯人は捕まっていない。


――それって、つまり脆弱性を攻撃には使えないと思い知らせるように公開したってことだな。

――わかりません。しかし、作戦実行はリスケジュールするという連絡が来ましたので、結果としてそうなっています。

――待て！　そもそも作戦実行のスケジュールはこちらに来ているのか？　金はこっちから出てるんだろ？　知る権利がある。

――スケジュールは来ていません。知る権利はあるともないとも……。いずれにしても事前に知らせるつもりはないようです。リスケジュールをわざわざ伝えてきたのには、それを伝える意味もあったのだと思います。つまり、この期に及んでもあちらはこっちを信用していないということです。

――どうかしてる。まだ我々が仕掛けたと思ってる連中がいるのか？　作戦実行のための金まで出しているんだぞ。

——カモフラージュくらいに思われているかもしれません。犯人の目的がわからない以上、全ての行動がどのようにでも解釈できます。

——アメリカ経由で作戦の内容を入手できないのか？

——可能かもしれませんが、その調整をしている間に作戦は開始されると思います。もう時間がないんです。それに韓国の警戒心をよけいに煽りかねません。

——くそっ！

——テロリストが動画をアップしたようです。

画面にリアンクール共和国軍ＬＲＡのビデオが映った。

——さきほど、ＹｏｕＴｕｂｅに投稿されたものです。

画質の悪い画面に、第二古里上空を背景に「ＬＲＡ Liancourt Republic Army」という文字が浮かびあがる。

——我らはリアンクール共和国軍ＬＲＡである。我が国に対する脅威を取り除くために有志が立ち上がった。我々は物理的な兵器によって人を殺傷するようなことはしない。我が国に敵対する国や企業や個人をサイバー攻撃によって活動不能に追い込む。

――第二古里の映像は、リアンクール共和国が最初に放送した映像を使っています。

途中でテレビ会議メンバーから解説が入った。

――現在、ネット上のいくつかのサイトに主要なサイバー軍需企業の内部情報を公開している。軍需企業は、死の商人、諸悪の根源である。この世から抹殺すべき存在だ。

そこでビデオは終わっていた。

――たった今連絡が来ました。暴露された中にブラックゲーム社が使用予定だった脆弱性も含まれていました。ブラックゲーム社は使用を断念しました。

――なんてやつらだ。じゃあ、打つ手なしか……

――いえ、ブラックゲーム社はさらに未公開の脆弱性を保有しており、米軍で検証中です。それを使用する前提でリスケジュールしているとのことです。

安堵の息と、まだあるのか？　という驚きの声が聞こえて来る。

――ロシアと中国は独自に保有していた脆弱性を用いてクラッキングを試みているようです。

こちらの作戦とは別に動いています。非常に危険です。一度に全てをテイクダウンしなければ犯人が残った気球を爆破しかねません。

——あいつら……なぜこっちに提供してくれないんだ！

——脆弱性情報はサイバー時代の切り札ですから、そんなに簡単には渡せないでしょう。それに、領空に入る前に撃墜するというのが公式見解です。問答無用で爆破するよりは、脆弱性を突いて乗っ取って安全に着地させる方が紳士的だと判断したのでしょう。どのみち、誰がやったか明らかにならないでしょうしね。万が一失敗して爆発しても、どうせ撃墜するつもりだったから事態が悪化するわけではないんでしょう。

——なんてやつらだ。

「日本にとって致命傷になるかもしれんね」

村中がぼそっとつぶやいた。

「そうですか？　各国が必死に脆弱性を突いて気球を安全に着地させるようとしてます。被害はほとんどなしに済むんじゃないでしょうか？」

草波は少し意外だった。日本にとっては屈辱的ともいえる解決方法だが、収束に向かって動き出しているように思える。

「日本にはサイバー戦の能力がないってことが全世界に向けて暴露されたようなもんだ。韓国も同様だ」

「確かにそうですね」

その通りだ。サイバー戦の力があるなら、中国やロシアのようにこっそりとハッキングしている。それをやらないのは力がないか、力があっても使えないからだ。「こいつは弱い。しかも気前よく金を払ってくれる」と思われたら恰好のカモになる。この事件の後に、日本がターゲットにされる可能性は高い。

＊　＊　＊

ニュースでサイバーセキュリティ関連企業各社から情報漏洩があり、ネット上にさらされた事件を報じていた。千夏子は会社の自席でコードを打ち込みながら、どれだけの人間がこの意味をわかっているのだろうと考える。

鹿賀史子を完全に信用したわけではない。もともと他人を信用できない性格だ。しかし、彼女の提案は魅力的だった。騙されても諦めればいい。どうせこのままでは、ダメになるのはわかりきっている。肉体と精神がすり減って壊れる。

それでも鹿賀史子の正体について、少しは知っておきたいと思い、いろいろ質問したが、はぐらかされた。話の端々からかろうじてわかったのは、池袋の大学に通っていたことと、今でも池袋の近くに住んでいること、システム関係の派遣社員をやっていたこと、どうやら独身で最近別れた男性がいたらしいことくらいだ。

名前は本名ではないらしい。時折、名前を言い違えそうになるから、似たような名前の可能性が高い。

これだけでは役に立ちそうもない。仮に素性がわかっても、少し安心するだけで、本質的に信頼できるわけではない。割り切るしかないのだ。

依頼された内容は、さほど大変なことでもないし、ばれてもたいしたことにはならないだろう。

ホテルで会った時、ことが終わると黒木は必ず自分のノートパソコンを開いてメールをチェックする。その時、隙を見て史子から預かったＵＳＢメモリを差し込むだけだ。数秒でインストールが終わる。なにをインストールするかは知らない。

「知らない方がいいんじゃないかしら」

千夏子が史子になにをインストールするのか尋ねると、史子は答えなかった。システムの仕事をしているから、それがなにを意味するのかわかる。マルウェアに感染させて、黒木の会社の情報を盗むのだろう。

史子が自分に近づいたのは、それが目的だったのかもしれない。うまく利用されているような気がするが、それで金が手に入るならこちらも願ったりだ。

ありえない金額の謝礼を成功報酬で約束してもらった。ＵＳＢメモリを刺した段階で最初の成功報酬、全てがうまくいったらさらに成功報酬をもらえる。それだけで、相手がやろうとしていることの危険さが伝わる。

千夏子は二週とおかずに黒木と会っている。泊まることはほとんどないが、ラブホテルではなくちゃんとしたホテルを取ってくれる。黒木の移動が楽ということもあるが、ラブホテル街の猥雑な雰囲気を好きではない千夏子には助かった。

あの夜もホテルで情を交わし、黒木がパソコンを開いたままトイレに立った。うってつけのチャンスだった。千夏子はすぐに史子から預かったUSBメモリを挿し込む。画面に「インストールを開始します」というメッセージが表示され、確認を求められたのでOKをクリックした。数秒でインストールは終わり、「インストールが完了しました」とメッセージが出たのをクリックして消した。USBメモリを抜き、すぐに自分のバッグに戻す。

黒木はまだトイレから戻らない。余裕だった。

黒木が戻ってパソコンをいじりだした時は、気づかれやしないかと気が気ではなかったが、結局気づかれなかった。

自分がインストールしたマルウェアは、黒木の会社のネットワーク内でさらに感染を広げるのだろう。そして社内の情報を収集して、外部に送信する。史子はその情報を利用して事件を起こす。

なぜか史子はやろうとしていることについては教えてくれた。最初、話を聞いた時は信じられなかった。

「くわしくは言えないけど、革命のようなもの。新しい国を作る計画がある。そのためにサイバー軍需企業の持っているデータが必要になる」

「本気?」

新しい国を作る? 絵空事にしか聞こえない。

「本気。少なくとも私はね。でも信じられないのは、よくわかる。私だって、逆の立場だったら、頭がおかしくなったんじゃないかと思うでしょうね。成功しても失敗しても、あなたにはお金が入る。成功した場合は、成功報酬が上乗せされるから、かなりうれしいはず」

「もしも私があなたの言った通りのことをして、捕まったらどうなるの?」

「あなたが、私のしようとしていることを知っていたとすると、ちょっと面倒なことになるかもしれないけど、なにも知らずにお金のためだけにやったならたいした罪には問われないと思う。マルウェアを感染させることも知らずに、ただUSBメモリを挿すのを頼まれたと言えばいい。執行猶予もつくでしょう。だから万が一捕まったらそう言った方がいい」

「わかった」

「少し説明しておくと、国を作るというのは実はそんなにとんでもない話じゃないのよ。元ガーゴイル社員が中心になって公海上に独立国を作る計画が以前にもあった。これからはなんでもありの時代になる」

「そうなんだ」

頭がついていかない。やはり自分はシステムやネットワークの仕事に向いていないのだろう。漠然とした不安が胸のうちに広がる。

「なにか、その、保証というか、安心できるものがほしいんですけど」

思い切って史子に訊ねてみた。

「私がウソをついている可能性もあるものね。感染が確認できた段階で最初のお礼はすぐに振り込むつもりだけど。うーん、じゃあ私のスマホの番号を教えましょう。なにかあったら、連絡していい。個人で契約しているものだから、この番号を警察に伝えれば持ち主がわかる。だから番号を知ってるってことは、私の個人情報を人質にとっているようなものと思っていい」

「ああ、それはちょっと安心できます。でも電話していいんですか？」

少しだけ安心できるが、それがニセ物の可能性もある。疑えばきりがないのだけど。

「緊急の時だけにしてね。通常はメールでお願い」


だからサイバー軍需企業からの情報漏洩のニュースを見た時、心臓が止まりそうになった。これだ。史子はこのために自分を利用した。狙いは黒木の会社ではなく、その先のブラックゲーム社だった。

仕事をしているふりをしながら、ニュース記事を画面に広げてくわしくチェックする。記事にはこまごま被害を受けた企業名などが載っているが、そんなことはいらない。感染経路や実行犯についてはほとんど情報がなかった。きっとまだわかっていない。これからもわからないに違いない。

いや、黒木は気がつくかもしれないが、自分からは言い出せないだろう。不倫相手にマルウェアを仕込まれたなんて致命傷になる。不用意にスパムメールを開いて感染したという方がまだ罪が軽い。

＊　＊　＊

爆破騒動でブラックゲーム日本支社に避難し一息ついたのもつかの間、黒木は蒼白になっていた。彼だけではない。部署まるごとやられていた。しかも半年間も気づかなかったなんて。よりによって最悪のタイミングで発覚した。いや、最悪の時だからこそ発覚したのだ。

被害を受けたのは黒木の部署だけではない。黒木のメールの一部にマルウェアが仕込まれており、ブライアンなど数人のブラックゲーム関係者の端末への侵入されてしまった。おそらくそこから今回の情報漏洩につながった。

なにをどこまで盗まれたかわからない。なにしろ部署内の共有サーバーを含む全てが乗っ取られていたのだ。ログも書き換えられている可能性が高い。

これから戦犯捜しが始まると思うと、不安でしょうがない。最初に感染したのが自分だったら、どんな責任を取らさせるのだろう。

使われたマルウェアは、過去のマルウェアを合成して作られたものだ。最近はやりのフランケンシュタインとも呼ばれるやっかいなしろもの。簡単には防げないから、一方的に自分の情弱を責められることはないはず。

せめてもの救いは、たまたまブライアンがいたおかげで事後対応がスムーズに進んだことだ。すぐさまブラックゲーム本社に検体が送られ、解析してもらえることになった。だが、そのブライアンはかなり怒っているようだ。

「自覚がない」

ブライアンの言う通りだった。ブライアン自身の身も危ない。極日の黒木を踏み台にされた巧みに仕組まれたメールとはいえ、感染してしまったことは事実だ。なんらかの責任問題になるかもしれない。

「我々のクライアント・リスト。製品カタログに価格表。それに最新の脆弱性情報までまるまる盗まれた。そもそもこのオフィスはなんだ？　こんな環境で軍に納品する製品を扱えるのか？　防御態勢がないに等しい。メンバーの身上調査はしたのか？」

ブライアンはオフィスでわめきちらした。口調はきついが、英語のおかげでショックが和らいでいる。日本語で同じことを言われたら、相当落ち込んだに違いない。

ブライアンの罵倒に返す言葉はない。

わずかな救いは、ブラックゲームだけではなく、ほとんどのサイバー軍需企業の情報がさらされたということだ。しかも、まだ日本向けに提供していない秘密の在庫があるという。

ブライアンは、そこに最後の望みをかけているようだが、それを放出できるかどうかはアメリカ政府と本社の判断にかかっているという。まだどこにも使ったことのない、取って置きの脆弱性情報なのだそうだ。

「たとえるなら、迎撃不可能な核ミサイルなんだ。わかるだろ。そうおいそれとは使えない」

ブライアンはまくしたてた。これまでのことを考えると、迎撃不可能な核ミサイルというのは誇張ではないだろう。

「しかし、使わなければ比喩でなく、リアルに使用済み核燃料がばらまかれるんだ」

黒木も必死だ。今までなんとなく他人事という意識を捨てきれなかったが、自社がやられたことで一気に現実と認識できた。東京に死の灰が降るなんてことが起きていいはずがない。

「黒木さん、あんたはまだわかっていない。これがあれば、核関連施設だって発電所だって破壊できる。使用済み核燃料以上の危険なものだ。私が話しているのは比喩ではない。本当にそれだけの破壊力があるんだ」

「……」

ブライアンの反論は頭では理解できるが、感覚的にわからない。脆弱性情報なんてしょせんは単なる情報だ。

「ゼロデイの中でも悪用されやすい脆弱性情報はダーティボム百基よりはるかに危険だ。しかし、テロリストたちは賢明だよ。君のような想像力のとぼしい人間でも危機を実感できるように、使用済み核燃料を使ったダーティボムなんて前世紀の遺物を使った。深刻度の高い脆弱性情報よりも、はるかにそっちの方がピンと来るんだろう」

悔しいがその通りだ。サイバーテロと言われても、それでどれほどたくさんの人が死ぬのか想像がつかない。ブライアンの言う通りなら、核兵器なみに死ぬということだが、実際に起きたことがないから実感が湧かない。使用済み核燃料の方が、日本人にとってははるかにリアリティがある。

「失礼。少し言い過ぎた。とにかく情報漏洩の件は別途調査を行って必要があれば相応のことをしてもらうだろう。リアンクールに最終兵器を使うべく本社に提案してみる。本来使用するはずだった兵器が無効化された責任は日本政府ではなく、こちらにあるので追加の費用は不要だ。もちろん、情報漏洩の責任が極日にあることがわかったら、通常兵器との差額を請求する」

いったいそれがどれほどの金額になるのか考えたくなかった。兵器の値段は、民生製品とは数桁違う。戦闘機なら数百億円。ブライアンが最終兵器と呼ぶサイバー兵器が百億円以上だとしても不思議はない。漏洩元の個人に請求が回ってくることはないだろうが、解雇の可能性は高まる。

「少しだけ運がよかったのは、開発中のサービスの情報は漏れなかったことだ」

青い顔で黙り込んだ黒木を見て、ブライアンは声を和らげた。

「うちよりもダウナーズ社の方が深刻だ。開発中の秘密兵器スリープウォーカーのソースコードが公開されてた」

「スリープウォーカー？」

「今年の頭にアメリカ政府の部外秘の内覧会でだけ公開された兵器。ソーシャルネットワークの総合制圧ソリューションだ。情報収集、分析、予測、誘導制御まで可能だという触れ込みだ」

「情報収集、分析、予測まではわかりますが、誘導制御ってなんです？」

そんな兵器の話は一度も聞いたことがない。

「分析した結果をもとに、話題を牽引するアカウントを乗っ取って自分たちの広めたい情報を広め、行動を誘導するのさ。人工知能がアカウントの持ち主のつぶやきを完璧に模倣して発言するからフォロワーは本人と信じる」

「なんだって？　それは違法ですよね？」

それは要するに大衆を扇動するということではないか。具体的に、どんな法律に違反するかはわからないが、民主主義国家では許されないことに思える。特に政府が行うのはそうだ。

「民間企業がやればね。政府が一定の状況下で行うなら、違法ではないこともある。だって政策のアピールはもともとそういうものだろう」

それは違うと思ったが、言い返さなかった。そんなことよりも、情報漏洩の責任問題の方が深刻だ。せっかく臨時の発注を受けたのに、これで帳消しになってしまいかねない。

＊　＊　＊

その頃、アノニミティのリアンクール・ランデブーにも異変が起きていた。

――やられた。やっぱりそうだったんだ。

サイバー軍需企業各社の情報がネットにさらされた直後、メンバーのひとりがつぶやいた。

——なに？

——テロリストは、スリープウォーカーを使ってる。

——夢遊病者《スリープウォーカー》？

——サイバー兵器の一種。ソーシャルネットワークを使ってなんでもできる。韓国と日本のデモは、これに誘導されて起きたに違いない。さもなければこんなに広がるはずがない。

——待ってくれ。それは本当なのか？

——僕と韓国のメンバー数人でスリープウォーカーを解析して、どんなアルゴリズムで世論形成、世論操作しているのか確認した。まだ全て終わったわけではないが、基本的な構造はわかった。それによれば、テロリストは韓国政府を孤立させるために、日本に対する危機感を募るようにソーシャルネットワークを操作していたようだ。

——なんだって？　この件で日本が協力できないのは、そのスリープウォーカーが世論操作してたからなのか？

——じゃあ、政府発表に対する抗議行動も全部そうなのか？

——解析チームは可能性が高いと判断してる。

——じゃあ、アメリカの協力は拒否反応が出ないようにしたんだ。なぜだ？　アメリカの協力がない方がテロリストにとっては都合がいいはずだろう。

——わからない。しかし、多くの国民は、アメリカなしで韓国は今回の事態に対処できないと考えるだろうから、拒否させるのは難しかったのかもしれない。

——おいおい。じゃあ、連中はサイバー軍需企業の情報をさらしただけじゃなくて、そこにあるものをもう自分で使っている可能性があるってのか。

——可能性じゃない。使っている。スリープウォーカーだけじゃなくて、脆弱性情報だってもう研究済みだろう。つまり、この世に存在するゼロデイ脆弱性情報のほとんどを敵はもう知ってるってことだ。

——スーパーマンじゃないか！　どうやって攻撃するんだ。

——新しいのを見つけるしかないよな。間に合うのかな。

——いや、まだ奥の手があるはずだ。

——奥の手？

一連の会話を見ていて、辻は混乱した。人はそんなに簡単に操られてしまうのだろうか？ソーシャルネットワークは、人の心や行動を操れるほどに浸透しているのだろうか？　疑問が湧くが、実際に起きていることを考えるとその通りと認めざるを得ない。

——ヤバイ。一部のメンバーが、ＬＲＡに参加したらしい。ツイッターで参加表明してる。アノニミティがＬＲＡに協力って、誰かが言い出したぞ。

どきりとした。アノニミティがＬＲＡと連携などという話に膨らんで広まるとひどくやっかいないことになる。テロリストの仲間にされる。

——なんだって？

ネット上には、「アノニミティがＬＲＡに協力」という情報が広がっていく。

——違う！　アカウントを乗っ取られたんだ。どうしようもなくて、ツイッター社に報告して止めてもらうように頼んだ。

本人らしい人間が現れた。

——もういくつかのネットニュースに載っちゃったよ。バッシングが広がってるぜ。

——ああ、それな。バッシングの半分くらいは、スリープウォーカーが操ってるアカウントだって、さっきあっちのチャットで報告してたよ。

——わけがわからない。なにを信じればいいんだ？　誰か情報整理してくれ！

——スリープウォーカーの仕業だって証明するか、こっちがやってないって証明しなきゃ。

——無理。やってないっていう証明は難しすぎる。アカウントを止めるしかない。

——だって切りがない。連中はハッキングしたアカウントをいくつもってるかわからないんだぜ。あれ？　待って！　オレのアカウントがやられてる。なにもツイートしてないはずなのに、ＬＲＡ最高とかつぶやいてやがる。

＊　＊　＊

インターネット安全安心協会のオフィスで、ハードディスクの内容をリストアップしたものを斜め読みしていた吉沢の目が止まった。その横では数人がパソコンに張り付いて懸命にディスクの内容の確認を続けている。

「へえ。こんなものあったんだ」

大場が手を止めてのぞき込むと、それは防衛大学校の学生が書いた論文と、それに対する指導教授の補足の下書きだった。

「数年前に防大が正体不明のハッカーに内部侵入されて、いろんなものを盗まれたって事件があったって噂は聞いたことがあったけど本当だったんだね」

吉沢が妙に感心する。

「なぜ、それがここに？　アンダーグラウンドマーケットに売りに出てたんでしょうか？」

「中国の下っ端が仕事でハッキングしてて使い道のなさそうなものを個人的に売りに出したん

じゃないかな」

「ああ、なるほど」

「これは関係なさそうだし、防衛関係って下手に触るとヤバイからリストから消しておこう。だってこの事件はなかったことになっているもん。自衛隊怖いよ。敵に回したくない」

吉沢は本気かどうかわからないことをつぶやき、その項目をリストから削除した。

「ディスクからも削除しといて」

いとも気軽に大場に指示する。

「消す？　だってこれ証拠でしょう？　そのままにしておかないといけないじゃないですか？」

さすがに大場が驚き、作業していた人間も手を止めて吉沢の顔を見る。

「警察が押収したわけじゃなくて僕がもらってきたんだから、証拠品じゃないよね。あくまで僕の私物。もしかしたら捜査の役に立つかもしれないから確認してるだけ」

作業中のメンバー全員が微妙な表情になる。自分たちは吉沢の私物をチェックしていたのかという顔だ。

「いいよね？」

吉沢が綾野の肩を叩く。もとはといえば、ハードディスクは綾野の持ち物だ。

「これはもう吉沢さんに差し上げたものですから」

綾野は肩に触れた吉沢の手に自分の手を重ねる。包帯だらけの顔が艶っぽく見える。

「なんです？　なにやってるんです？　綾野さんって、そういう人なの？」

大場が綾野の顔をまじまじと見た。綾野は、その目をにらみ返す。包帯だらけの顔は迫力があり、大場はあわてて口をつぐんだ。

「プライベートな趣味の話は置いといて……このハードディスクを確認することは大事なことなんだ。だってもしかしたら、今回のテロを解決する手がかりがあるかもしれないんだからさ」

吉沢は快活に笑い、さりげなく綾野の手をのける。「あ」と小さな声を綾野が漏らす。

「さあ、ちゃっちゃとチェックを終わらせようね。がんばって」

＊　＊　＊

——ただいま米軍から連絡がありました。韓国と日本の一連の騒動は、ダウナーズ社のソーシャルネットワーク・バランシングシステム、スリープウォーカーを使って引き起こされた可能性が高いとのことです。これは米軍が同社と共同で解析した結果なので信憑性は高いと思います。

突然飛び込んできた情報に、会議は騒然とした。草波も言葉を失う。そんなものが存在していたことすら知らなかった。村中を見ると、さして驚いている様子はない。

「先生は、こういうものが存在していることをご存じだったんですか？」

「そりゃあ、こういう仕事をしていると自然と情報は入ってくる。知っていたよ。実際に使われたケースは知らなかった。まさしく今回のテロはサイバー兵器の見本市だ」

――ソーシャルネットワーク・バランシングシステム？　スリープウォーカー？

――要するにソーシャルネットワーク上の言説を意図的に操作して、思うような行動をとらせたり、世論を誘導したりするシステムです。

――そんなことができるのか？

――実用段階に入り、実戦配備されているそうです。ただし、今回のサイバー軍需企業の情報漏洩でスリープウォーカーのソースコードも暴露されてしまいましたから、もう使えないかもしれません。ソースコードからシステムを作って逆の行動を取るように設定すれば敵の動きを無効化できます。

――じゃあ、なんで無効化しないんだ？

――日本の市民団体のデモを米軍が鎮圧していいんですか？　ソースコードとマニュアルが漏洩していなければ秘密作戦として実行できたかもしれませんが、公開されてしまった以上なにが起きたのか後で検証すればわかってしまいます。もっとも漏洩していなければ、スリープウォーカーの存在を隠すために認めるようなことは言わなかったとも言えます。

――あっ……

――ここにいる方の組織で実行する分には問題ないと思います。スリープウォーカーそのものは合法的に運用できますので。

――今騒いでいる連中は操られている。いわば洗脳されたようなものだ。だったら洗脳を解いたってかまわないだろう。

――おっしゃる通りかもしれません。誰も止めないと思いますので実行しても問題ないと思います。

おそらく誰も実行しないだろう。スリープウォーカーを解析して使えるようになるまで時間がかかるし、使用したことが露見した際のリスクは大きい。世論の激しい突き上げをくらうだろう。

不公平だ。テロリストはいくらでも世論を気にせず、この手の兵器を利用できるのに、守る側はそうはいかない。常に「正しい」ことを求められる。手足を縛られているようなものだ。

＊　＊　＊

人を殺したいと思ったことは何度もあった。ある時は憎しみのため、ある時は金のため。それが悪いことと考えたことはない。捕まる心配がなければ絶対にやっていた。

初めて人を殺した。生かしておくわけにはいかなかった。全ての鍵はあのハードディスクだ。その存在を知ってから、止められない計画が始まった。

失敗しても失うものは命くらいだ。死にたくはないが、貧しさに苦しみながら長生きなんかしたくない。短くてもいい。贅沢をして楽しく暮らして死ねればいい。これまで楽しいことなんかなかった。

男はバカだ。女には甘い。用心深いように見えても、セックスした相手、特に暴力的なセックスを喜んで受け入れるような相手には油断する。甘く見るんだろう。あたしは、「いじめられるのが好きなんです」って言った。死にたくなるくらい恥ずかしくて惨めだった。バカを騙すためだと割り切れと何度も自分に言い聞かせた。

あいつにひどいことを言われ、縛られ、殴られた。あそこにへんなものを突っ込まれた時は涙が出たし、首を絞められた時は逃げ出したくなった。

死んだ気になって、「もっとしてください」と言いながら土下座した。頭を踏みつけられて、メス豚と罵られ、蹴飛ばされた。それでも、「お願いします」ってあいつのちんちんをしゃぶった。乾きかけの精子が嫌な匂いをさせていたけど我慢した。吐くかと思ったけど、作り笑いで、「おいひいです」と舌っ足らずのバカを演じてやった。

三回抜いたら、さすがに疲れたらしく、あいつは寝た。寝息を耳にした時、うれしくて笑い出しそうになった。

家から持ってきた包丁を持ち出し、思い切り首に切りつけた。ごりと鈍い音がして、途中で刃が止まった。あいつが充血した目を開いた。なにか言いたげに口を開いたので、あたしは怖くなってすぐさま思い切り包丁に体重をかけた。がくんと包丁がずれて、首の側面がざっくり切れて開いた。すごい勢いで血が噴き出し、あいつが手足をばたばた動かし出した。口をぱくぱくしてるけど、喉を切ったからひゅーひゅー空気が漏れて声にならない。

頭は妙に冷静で、映画で観たゾンビみたいだって思ってた。早く死んでほしかったし、万が一助かられたら困るから、何度も包丁を突き刺した。

気がつくと、辺り一面血だらけで、あいつは動かなくなっていた。首から上は髪の毛がこびりついた肉の塊にしか見えない。知らない間に顔も切りつけていたらしい。皮膚や鼻がそがれて、顔には見えなくなっていた。

立ち上がり、血だらけの服をぬぎ、身体の血をぬぐい、用意してきた新しい服に着替えた。

それからあいつのパソコンとハードディスクをバッグに押し込んだ。据え置きの頑丈そうな三テラバイトのものと銀色のポケッタブル三個。

これを売って借金を返し、自由に生きる。

あいつがいけない。ツイッターでナンパしてきたから、たいした期待もなく会った。お宝を手に入れたと自慢するので、なにかと訊いたら個人情報とか貴重なデータのつまったハードディスクだという。

知り合いのハッカーの家に遊びに行ったら、なにかの発作で苦しんでいたのでそのままハードディスクを取って逃げ出したのだという。最低の人間だと思ったけど、すごーいとか言っておいた。

それから適当におだてて、寝てやって中身や売り方を訊き出した。また会いたいと言ったら、簡単に自宅を教えてくれたので包丁を持って殺しに行った。もちろん人を殺すのは初めてだったけど、死んでも仕方がないような人間だから別に良心はとがめない。クズが生きるには上のクラスの人間を狙っちゃダメだと知っている。クズはクズを踏み台にして生きていくしかない。

あいつを殺したのは間違ってない。現に借金を返せた。

最初はすぐに買い手がつかなくて焦ったけど、しばらくして予定の金額をはるかに上回る金額を提示してきた人がいて助かった。取引の条件として、いろいろ確認されたけど、躊躇はなかった。もう自分の命なんかどうでもいい。これで捕まっても仕方がない。そう思っていたから全部教えてやった。

＊　＊　＊

千夏子は仕事の手を休め、オフィスを出て同じビルの一階にあるコンビニに向かった。特に買いたいものがあったわけではないが、気分転換に外に出たかったのだ。

コンビニでチョコレートを買い、戻る道すがら二週間前の息子との会話を思い出した。

会社から戻り、息子の部屋に入った。いつものことだが、息子はスマホに夢中だった。スマホをいじっている息子は、こちらを見ようとしない。

「あのね。ちょっと聞いてほしいんだけど」

「聞いてるよ」

「そう……こっちを見て」

「ちゃんと聞いてるから、いいじゃん」

「……海外で仕事をすることになるの」

「あっ、そう。もう決まってるんだ」

「事前に、啓一の意見も聞きたかったけど急な話だったし、良い条件だったものだから」

「別にいいんじゃない」

「賛成してくれるの？」

「だってもう決めたんでしょ？　それに働くのはお母さんなんだし、オレがどうこう言うことでもないでしょ」

「働くのは私だけど、啓一も外国に引っ越すとなると、今の学校から転校になるし、大丈夫かなって心配してたんだけど」

「はあ？　オレは行かないよ。行けるわけないいじゃん」

「どうして？　家族なんだから一緒に行きましょう」

「向こうでちゃんとオレが暮らせるはずないだろ。今だって、ばあさんがいるから、母さんが仕事ばっかりしててもなんとかなってるんじゃん。ばあさんは一緒に行かないんだろ？　だったら無理。それにオレにだって都合がある。外国なんか行きたくねえ」

「無理言わないで」

「無理言ってるのはそっちだろ。勝手に決めたくせに」

「それは謝る。でも、このまま日本にいてもダメになる」

「なにそれ？　なにがダメになるの？　オレ？　それとも日本？　適当なこと言うなよ。あんたと一緒に行った方がダメになるに決まってるじゃん」

返す言葉がない。説得しなければならない。時間は限られている。でもどうしていいのかわからない。いっそ、とりあえず自分だけ海外に出て、落ち着いてから啓一を迎えに来ようかと思ったが、もう一度日本の地を踏めるかどうかわからない。

「出てけよ」

「え？」

「話は終わっただろ。ここはオレの部屋なんだから出てってよ」

ダメだ。このままでは、啓一を失ってしまう。

暗澹たる気持ちが蘇ってきた。もう時間がない。なんとかして啓一を説得する。そして、日本を捨てる。急がなければ。

第5章

16:00

テイクダウン

あれから何時間経ったのだろう。監視している警官に時間を確認して、時間が経つのが遅いことに驚く。家族のことが心配になるが、なにもできない。じっとしているしかないのだが、そうすると嫌なことばかり頭に浮かんでくる。使用済み核燃料が自分の家の上空で撒き散らされ、家族全員が被曝するおそろしい妄想だ。いや、自分の家族だけではない。韓国中が被曝し、自然も経済も破壊され、死を待つだけの国になる。それだけでは終わらないだろう。北朝鮮か日本が攻めて来て、占領され、奴隷のような生活を強いられるに違いない。

アメリカか中国が介入するだろうか？　汚染された朝鮮半島などもう不要かもしれない。北朝鮮の連中の奴隷なんかまっぴらだし、日本人に支配されるのもごめんだ。そんなことになったら死を選ぶ。

周りの作業員も似たようなことを考えているから、話していると滅入ってきていっそ今死んだ方がいいような気分になるから危険だ。

そんな時、みんなが騒ぎ出した。空で異変が起きている。黒い雲のようなものが現れ、気球の周囲を覆ったのだ。あんなところで爆発したら、自分たちは確実に被曝する。ジンスは空を見上げておののいた。

警官も監視そっちのけでその様子を見つめている。なにが起きているのかわからないが、気球になにか起きればここにいる者は全員被曝する。

気球が次々と墜落するような急降下を始めた。地面に激突して使用済み核燃料がばらまかれる様子が頭に浮かんだ。政府は自分たちを見捨てたのだ。被害をこの地域に封じ込めようとして、気球を撃墜したに違いない。だが、あれだけの数の気球の使用済み核燃料が放出されたら、ここだけの話ではすまない。海は汚染され、爆発の規模と風向きによっては釜山まで汚染される。日本の九州や大阪だって危ない。怒り狂った日本が攻めてきて戦争になるかもしれない。悪い連想がわいてくる。

ジンスの脳裏に妻と子供の姿が浮かんだ。みんな、死ぬ。いつか被曝が原因で死ぬと覚悟していた。だが、こんなに早いとは思わなかった。子供にはなにもしてやれなかった。後悔と悲しみで胸がつぶれた。

地面に倒れて泣き叫んでいる者もいた。政府や警察への怒りと呪詛《じゅそ》の言葉をわめいている者もいる。原発の様子を見るために高台に登った者もいる。

地獄が来る、とジンスは思った。広場は阿鼻叫喚《あびきょうかん》の嵐に包まれた。

＊　＊　＊

その時、ブライアンは日本支社の会議室でノートパソコンを開いてニュースを見ていた。爆破騒動、情報漏洩と立て続けに事件が起きたが、なんとか収まった。

他には誰もいない。本社と米軍への連絡も終わった今、ブライアンのすることはほとんど終わった。作戦の成否は気になるが、おそらく終わってからでないと日本には連絡してこないだろう。ただ待つしかない。

ため息をついた時、机の上に出しっぱなしにしていたスマホが揺れてメッセージが表示された。

――女神が降臨するのを見たくないか？

――なんの話です？

――十分後にテイクダウンが開始される。準備は整った。今はひとりか？

――はい。会議室でひとりでニュースみてました。

――よし！　ライブ中継を送ってやる。楽しめ！　なあに絶対に成功する。いいか、このために腕ききが三百人そろったんだぞ！　上空六百メートルからドローン三百機を発進させた。リアルタイム中継しながら、ハッキングするんだ。こんな素敵な作戦聞いたことないだろ！

ただの兵隊の三百人ならたいした人数ではないが、おそらく超A級だ。ひとりでインフラにでもペンタゴンにでも侵入できる。それが三百人も自分の会社にいたということが驚きだ。そして三百機のドローン。聞いたことがない。

スマホにライブ中継のURLが送られてきたので、あわてて開くと第二古里の上空が映っていた。いや、第二古里かどうかはわからないが、夕焼けに燃える気球群が遠景に見える。ドローンで撮影しているらしく画面が小刻みに揺れる。

画面の右上に時間と位置、左下に高度が表示されている。高度五百八十メートルだ。

視界が急速に気球に近づいていくと、多数の黒いクアッドコアドローンが気球の周囲に群がってきているのが見えた。まるで巨大な昆虫の群れだ。一部は第二古里を離れていった気球を追ってどこかに飛び去っていく。

気球のひとつが急に高度を落としだし、すぐに周囲の気球も降下を開始する。画面の表示はすでに高度五百メートル近くになっている。

始まったとブライアンは思う。目には見えないが、気球はすでにハッキングされ、米軍の手に落ちている。テロリストの言う通りなら、高度三百メートル以下で爆発する。時折視界が雲に包まれてなにも見えなくなる。

気球はドローンにまとわりつかれたまま高度を下げ続ける。視界が地上を映した。地上に無数の気球の影が落ちている。日が弱まり、くっきり見えていた影がじょじょにぼやけていく。高度四百メートル。視界が地上から空中に切り替わった。さきほどよりも気球の数が増えているように見える。もしかすると他の地域に飛び去った気球が戻ってきたのかもしれない。薄闇の中で夕陽を反射して色とりどりの気球が地上に向けて降下を続ける。

高度三百五十メートル。もしも爆発したらどうなるのだろうとブライアンは考えた。わが社の評価は地に落ち、米軍から契約を切られるだろうか？　いや、そんなことはないだろう。軍需企業に失敗はつきものだ。ましてや極東のダーティボムくらいで、そんなことにはならないだろう。失敗しても問題ない。

高度三百メートルを切った。数字はそのまま下がり続ける。

――シャンパンを開けたぞ！　やってくれた！　大成功だ。

メッセージが飛び込んできた。ブライアンもほっとする。傾きかけた太陽が第二古里を照らしていた。

――早く帰って来い！

映像は消えた。ブライアンは掌がじっとり汗ばんでいることに気がついた。スマホの時刻を確認すると、作戦開始から終了まで五分も経っていなかった。たった五分の戦闘で韓国と日本は救われ、我々は莫大な報酬を得た。

＊＊＊

草波と村中が他のグループが進めている事後対策の報告を聞いていた時に、テイクダウンの連絡が飛び込んできた。

——米軍からの報告によれば、全ての気球の制御を奪うことに成功したそうです。リアンクール共和国のサーバーの場所も特定したとのことです。参考映像が来てます。

声と同時に第二古里上空で気球が降下していく映像が流れた。しばらく誰もなにも言わない。画面に表示されている高度が三百メートルを切ったところで、「おお」というため息にも似た声が漏れた。

——ブラックゲームがハッキングしたのか……

——韓国からの情報によると、カナダ、オーストラリア、イギリス、中国、イスラエル、ドイツ、ロシア、インドもこの時点で気球のハッキングに成功していたそうです。米軍、ブラックゲーム社の作戦内容のあらましを事前に伝え、同時にテイクダウンするか、さもなければ制御を放棄してほしいと伝えたところ、歩調を合わせて地上に降下させてくれたそうです。向こうはハッキングしたこと自体を認めていないので、特に回答はなかったようですが。

——よく協力してくれたな。

——事故が起きて、その原因を追及されたら面倒というのと、それまでに必要な情報を盗み出していたんでしょう。

——それに引きかえ、日本はなにも得られなかったってわけか。くそっ！

——貴重な教訓が得られました。有事になにもできないという教訓がね。

草波はほっとすると同時に、口惜しい気持ちでいっぱいになった。結局、自分もあの会議の連中もなにもできなかった。指をくわえてアメリカとサイバー軍需企業のすることを見ていただけだ。

＊　＊　＊

スマホが震え、待ちに待ったものが届いたのがわかった。千夏子と啓一の新しいＩＤだ。戸籍謄本の控え、パスポート、プロフィールを千夏子のマンションに届けたというメッセージが入っていた。

千夏子は早退して家に帰ることにした。仕事は手に付かないし、なにより早く息子の啓一を説得しなければならない。もう学校から帰ってきている時間だ。

青い顔で息を切らせて、体調が悪いので早退したい旨を上長に伝えて、会社を出た。

いったいなんと息子に説明しよう。そもそも外国に行くことを嫌がっているのに。それでもやらなければならない。

家に着くと、「あら、早いのね」という母親に適当に返事をし、玄関に置いてあった郵便物を取る。乱暴に開けて中を確認すると、やはり新しいＩＤだった。すぐさま息子の部屋をノックして入った。

「ねえ、大事な話があるの」

啓一はスマホでゲームをしていた。振り向きもしない。

「なんだよ。外国に行く話なら、ひとりで行っていいよって言っただろ」

話の内容を察したらしく、千夏子が説明する前に答えた。

「あなたも来ないといけないの。お願い、話を聞いて。もう時間がないのよ」

どんなことをしてでも連れていく。さもないと二度と会えない。

「時間？　なに言ってんの？　向こうの会社に行くってこと？」

啓一の口調が少し変わった。そんなに間近に迫った話とは思っていなかったのだろう。

「これを見てちょうだい」

千夏子は届いたばかりの封筒を啓一の前に置く。さすがの啓一もゲームを中断して、封筒の中身を確認する。

「なにこれ？」

見知らぬ他人、それも自分と自分の母親に似た他人のＩＤとプロフィールだ。なんの話かわからないのも無理はない。とっさに千夏子は答えられず口ごもる。

「よくわからない。誰なの？」

啓一は不安をあらわにして重ねて訊ねる。

「これはこれからのお母さんと啓一」

千夏子は意を決した。全て話して連れていくしかない。話せばきっとわかってくれる。

「は？」

「私は、佐藤まゆみ、あなたは佐藤裕太になって外国で暮らすの」

新しいＩＤの名前だ。これからは別人の人生を生きる。

「なに言ってんだか全然わからないんだけど」

啓一は不安を隠そうともしない。母親の正気を疑っているかもしれない。それも当たり前だ。

千夏子自身、自分が常軌を逸した世界にいることを自覚している。

「内山千夏子と内山啓一という人間は、この世から消える。そうしないと捕まるかもしれないから」

「なにしたの？　なんか悪いことしたのかよ。外国行くって逃げるってことだったのかよ。嫌だよ。犯罪者の息子になるわけ？　このパスポート使ったら、オレも犯罪者になっちゃうじゃん」

「静かに。そんなに大きな声出さないで。お願いだから」

「あんたのおかげでオレの人生終わりだ。親が犯罪者だなんて笑える」

「大丈夫。この新しい名前で外国で暮らせば、誰も私たちを捕まえることなんかできない」

「なぜ、捕まらないって自信があるんだよ」

「一緒に仕事をしている人は腕ききのプロなの。失敗するはずないもの」

そんなことはわからない。でも、そう言っておかないと啓一は承知してくれないだろう。

「なぜ腕ききってわかるんだよ」

「あのね。絶対に誰にも言っちゃだめよ。韓国の原発の事件あったでしょう」

「マジか？　あれをやったの？　待てよ。なんで金が入るの？　あれって国を作るとかいう話でしょ？　なんでうちに金が入るわけ？」

啓一が興奮している。千夏子はしゃべりすぎたかもしれないと反省した。

「仲間なの？　あれやったの母さんたちなの？」

「私は手伝っただけだけど……でも、それだけすごい人がついてるのよ。安心して」

「わからない。なんだかわけわからないけど、すげえ」

「このまま日本に残っていたら、危ないだけなの」

「わかった！　わかったよ。一緒に行く」

啓一はなぜか喜んでいる。てっきりバカにされたり、怖がられたりすると思っていた。

「でもさ。なぜ、そんなことしたの？」

「お金が必要だったの」

「仕事してるじゃん。家もあるじゃん」

「今はね。でも、いつまで仕事を続けられるかわからないし、そんなに蓄えがあるわけでもないし。ごめんなさい」

「なんで謝ってんの？　オレ、見直した。あんなすごいことできるんだって。尊敬しそうになった。いや、尊敬する」

千夏子は思わず涙ぐんだ。思えば離婚してから息子と腹を割って話したことなどなかった。だいたい、自分が一方的に小言をいうだけだ。不自由はさせていないつもりだったが、息子から感謝や尊敬の言葉を聞くことはなかった。

まさか犯罪者になって息子にほめられるとは思わなかった。

＊　＊　＊

辻は混乱していた。いや、その場の誰もが混乱していた。

——韓国は米軍にテイクダウンをまかせた。

――各国が内々にサイバー攻撃を開始したらしい。

次々と確認しようもない情報が流れてくる。なにが本当かわからない。ひとつだけ確かなのは、気球を撃墜するよりもサイバー攻撃によってテイクダウンすることにした国が多いということだ。

撃墜となれば使用済み核燃料の飛散は避けられない。テイクダウンできるなら、それに越したことはない。そちらに注力し始めたというのはハッキング成功の確信が持てたということか？

あれだけ大量のゼロデイ脆弱性が暴露された後にさらにまだ脆弱性があるのか？

――気球がおかしい。やられてるっぽいな。

――どうした？

――さっきからコマンドに反応しない。これまではコマンドをいちおう受け付けてから、指示通りに動かなかったんだけど、今はコマンドにエラーを返してくる。あっ、接続を切りやがった。

――ほんとだ。匿名ネットからのアクセスを遮断し始めた。

――どっかの国がサイバー攻撃を仕掛けて乗っ取ったんじゃないのかな？

――マジ？　そんなに早く乗っ取れるのかよ。信じられない。あらかじめ脆弱性を知ってたんじゃねえの？

――知ってるだろ。未公開の脆弱性を隠し持ってたんだよ。軍やサイバー軍需企業のやりそうなことだ。

――もうオレたちの出番はないってこと？

――いや、ある。今の状況を世界に知らせるんだ。連中はどうせ秘密のオペレーションなんだろう？

――ああ、そうか。そうしよう。なにが起きてるか知りたがってる人はたくさんいるだろうからな。

――制御を失ったことをツイートしておこう。騒ぎになるかな？

なるだろうと辻は思った。だが、告知しないわけにはいかない。あの気球がどんなことをするかわからないが、アノニミティがやっているわけではないと知らせておく必要がある。

――さきほど、我々が制御していた三基の気球の制御を何者かによって奪われた。現在、気球の制御はこちらにはない。

瞬く間に次々とリツイートされ、ネットニュースに取り上げられた。中には、「アノニミティが負けた！」などという扇情的なタイトルのものもある。そういう問題ではないのだが、わかりやすいタイトルが好まれるせいかアクセスはうなぎのぼりだ。

韓国上空の映像中継をながめていると、次々と気球が高度を下げていくのがわかる。

このまま着地するつもりなのか。制御を奪った以上、爆発する危険はないと判断したのだろう。しかし、制御を奪えたのはテロリストの罠という可能性も残っている。最初に気球の制御を解放した時も、実際には解放していなかった。アクセス可能にし、ライトの点滅などのどうでもいい操作を許しただけだ。制御を奪わせたと見せかけて、最後の段階で爆発するという可能性もある。

だが、低い高度で爆発すれば使用済み核燃料が日本に降り注ぐことはないだろう。勝手な言い分だが、日本に住む者としては少し安心だ。

＊　＊　＊

米軍が第二古里の近くに全ての気球を着地させたところでマスコミに情報が開示され、日本のテレビ各局は臨時ニュースを流した。韓国のテレビ局はまだ復旧しておらず、ラジオから臨時ニュースが流れた。

「リアンクール事件が、新たな展開を見せています。韓国からの要請を受けた米軍は気球に対してサイバー攻撃を行い、その制御を奪回することに成功した模様です。気球は爆発することなく、次々と着地しています」

テレビには着地する気球の映像が流れた。

「韓国上空を移動中だった気球も進路を変え、第二古里周辺に着地しました。韓国の発表によれば、全ての気球は米軍の管理下にあり、安全に解決に向かっているとのことです」

ついさっきまで不安を煽るような報道を続けてきたマスコミが掌を返して、事件は収束に向かっていることを伝えだした。

不安にかられてデモに参加していた人々が事件収束の報道を知って解散し始め、一気に国内は鎮静化する。

事件は山を越えた、後は犯人を逮捕するだけだ。そんな雰囲気が広がった。

＊　＊　＊

空から全ての気球が消えた。地面になにかがぶつかる重い音が断続的に聞こえる。爆発音はしないが、使用済み核燃料が地面に激突したのだろう。ジンスは涙が止まらなかった。周囲に冷静な者はいない。怒号と鳴き声が響く。警官たちも、その場にしゃがみこんでいた。

そこにさきほど拡声器で状況説明をした警官がやってきた。広場の様子を見て、しばし立ち尽くしたが、すぐに拡声器をもって話し出した。

「お前ら、勘違いするな！　全ての気球と使用済み核燃料が回収されたことが確認された。もう帰っていい。安心しろ。韓国軍と米軍の共同作戦が成功したんだ」

すぐには信用できなかったが、冷静な声で繰り返し説明されるうちに受け入れることができた。地面で泣き叫んでいた者も起き上がって目を輝かせた。

「来た時と同じバスに乗って帰れ。もう大丈夫だ」

ジンスは突然数人に抱きつかれた。同じ職場の連中だ。笑いながら、助かったと叫び、笑っている。ようやくジンスもうれしくなってきた。助かった。家族もきっと無事だ。笑いがこみ上げてきて、げらげら笑いながら抱きしめかえした。助かった、と思った。


帰りのバスの中で、街に灯る灯を見た同僚が誇らしげにつぶやいた。

「オレたちが作った電気だ」

安心と誇りが車内に満ちた。街は無事だ。家族もきっと大丈夫だとジンスはほっとした。だが、バスが街に着く頃には、沈鬱な雰囲気に変わり、誰も口をきかなくなっていた。こんな大事件が起きてしまったら原発は稼働停止になるかもしれない。それどころか廃炉になる可能性だってある。自分たちの仕事はどうなるのだろうか?

「原発は国の威信と存亡をかけたプロジェクトだぞ。やめるわけがないだろう！　これまでだって、さんざん事故を起こしてもやめなかったじゃないか！」

誰かが叫ぶが、賛同する者も反対する者もいない。この国ではなにが起きても不思議はない。中国、アメリカ、日本、そして北朝鮮に囲まれているのだ。単独では、どこと戦っても勝てないだろう。いくら政治家が突っ張ったことを言っても、この国は脆いことは否定できない。

原発は悪魔の罠だ。一度はまったら、それなしには生きていけなくなる。仕事を奪われたら、どうしようもない。それに、仕事をやめてもきっとがんになるだろう。訴訟で補償金をもらえるかもしれないが、家族を養えるほどの金額にはならない。

後ろの席のヤツが、殺菌剤の話をしているのが聞こえた。加湿器の殺菌剤が原因で有毒な物質が発生し、その中毒で百人を超える死者を出した事件だ。殺菌剤の利用者は八〇〇万人とも言われているから死んだ者はもっと多いかもしれない。被害者たちは、身体によいと信じて殺菌剤を使っていたに違いない。政府とメーカーが結託して、八〇〇万人の金と命と健康を奪った。

原発も殺菌剤と同じだ。クリーンなエネルギーだと信じていたけど、そうじゃなかった。もしかしたらちゃんと運用して安全管理すればクリーンなのかもしれない。でも、世界中いろんなところで事故が起きている。日本でだって起きた。金が集まると運営者の頭がおかしくなるのかもしれない。やってはいけないことに手をつけ、しなければならない安全管理をおろそかにする。どれもこれも金のためだ。

自分だって同じだ。ここを離れると生活ができなくなるから残って働き続けている。つまりは金のためだ。してみると、金というのは命と同じ意味を持っているのかもしれない。だから自分は金のために家族全員の命を捨てようとしている。

ジンスは考えるのをやめた。いくら考えても答えは出ないし、嫌な気分になるだけでよいことはなにもない。健康に原発で働けるようになるなら考えることにも意味はあるかもしれないが、今の原発で働くことは死ぬことを意味してるし、それはこれからも変わらない。命と金を交換している日々が終わるのは死ぬ時だけだ。

＊　＊　＊

インターネット安全安心協会にも連絡が入った。事件は解決したからもう手を引いていいという言葉に吉沢は憮然とする。

「吉沢さん、どうしたんですか？」

大場がロイド眼鏡のつるをつまんで持ち上げる。

「終わり。終わりだって。全ての気球がテイクダウンされたってさ。まったく嫌になる。勝手に呼び出して手伝わせておいて、今度は終わったからもういいって。とんだパシリ扱いだね」

その場でハードディスクの解析を続けていたメンバー全員が顔を上げた。吉沢と綾野の目が合い、綾野は困ったような表情で目をそらす。

「いいじゃないですか。無事に解決したんだから」

大場が笑うと、吉沢は首を横に振った。

「終わってない。この犯人がこんな終わり方を許すはずがない。まだなにかあるはずだ」

吉沢の確信ある言葉に大場が、「え？」と訊き返した。

「君たちは、そのへんを整理したら、いつもの持ち場に帰ってね」

吉沢の言葉に、綾野以外の全員が立ち上がって荷物を整理し始める。綾野はしばらく座ったままだったが、やがて立ち上がり、吉沢のもとに歩み寄る。

「あの。今日はありがとうございました」

そう言って頭を下げる。大場とその場で荷物整理をしていた一同が、綾野と吉沢に目を向ける。

「なにかあったら、いつでも相談してね。僕は善良な警察官だから」

吉沢が冗談とも本気ともつかないことを言うと、綾野はうれしそうな声で、「はい」と答え、USBメモリを差し出した。

「あたしの個人情報が入っています。必要な時に使ってください」

「必要な時？　なに言ってんの？」

大場が素っ頓狂な声をあげたが、綾野も吉沢も動じない。大場はさらに突っ込もうとしたが、綾野が涙を流しているのに気がついて黙った。

「失礼します」

綾野はそう言うと、頭を下げ、そのまま走り去るように出て行った。

「吉沢さん、どういうことなんですか？」

大場が吉沢に詰め寄る。

「よくわからないんだけど、僕が殴ると半分くらいの女の子はああなるんだよね。君も今度殴ってみたら？　夏でも長袖の人が多いんで取り扱い注意。そのおかげで痛みや傷に耐性あるんだけどね」

吉沢はそう言うと、くすくす笑った。

＊　＊　＊

草波と村中は食堂でコーヒーを飲んでいた。意識せずに何度もため息をついている。あっけない終わり。安心したとたんに、しょせん自分の描いたシナリオはこんなものだったのかという思いにかられた。リアルの世界ではアメリカやサイバー軍需企業が出てきたら、それで終わり。あの連中には敵わないという思いがため息に結びつく。

これからのことも悩みの種だ。会社に戻りたいという気持ちと、このまま自衛隊に残りたいという気持ちがせめぎあっている。まだ二十四時間も経っていないが、やはりここに来ると自分はここにいるべきだったのではないという気がしてくる。

その一方でいても結局なにもできないという無力感もある。今回だって、結局なにも解決に貢献できていない。

「僕はこのまま自衛隊に残るべきなんでしょうか？」

かつての恩師に尋ねてみる。

「それは君次第だ。どちらでも好きな方を選べばいい」

村中はいつもと変わらず温和な笑顔で応じた。なんとなく草波は自衛隊に戻ると確信しているような気がする。

「正直、民間は理不尽なこともありますけど気が楽です。自分がなにをしているのか、自分が何者なのか考えなくてすみます」

「自衛隊や防衛省でもそんなことを考えない人間の方が多いと思うよ。まあ、民間企業よりは意識する人間の比率は高いと思うが」

「でも、このまま残っていいのかどうかわからないんです」

「残りたくない気持ちもあるのかね？」

「どちらかというと、ここに残るべきという気がしています」

「君の主な関心が日本という国のあり方に向いているなら、残った方がいいかもしれない」

「……違うんです。そうじゃないんです」

なにかが引っかかっていた。それが自分でもはっきりわからない。

「この事件が気になっているのかね？」

村中の言葉でわかった。引っかかっているのはこの事件だ。

「この事件は終わっていないような気がします」

「どういう意味だね？」

「あらゆる状況がそれを示唆しています。これほど用意周到に大規模テロを準備、実行した犯人が、脆弱性を突いて攻撃されるなんて基本的なことを忘れていたとは思えません。それに事前にリークされたサイバー軍需企業の情報も、自分たちの力を誇示するためではないと思います。あんなものを公開したら、秘蔵の脆弱性を使って攻撃してくるに決まってるじゃないですか」

この終わり方は、あまりにも不自然だ。犯人はまだなにかやるはずだ。

「ふむ。確かに一理ある」

「リアンクール共和国の独立を持ち出したのも話を大きくし、韓国と日本のとれる選択肢を狭め、解決を急がせる意図があったのではないでしょうか。もし、そうなら犯人の本当の目的は、この次のなにか、おそらくはテロ行為で明らかになると思います」

犯人は次の手を打ってくる。そのためにわざとテイクダウンさせたに違いない。

「高レベル警戒態勢を維持する必要があるね。どんな攻撃が来るか想定しているかい？」

「まだ考えがまとまらなくて……」

あれだけの騒ぎを起こしておいて、さらになにを仕掛けるつもりなのか見当も付かない。

「ふむ。さっき君が指摘しておらず、私がずっと疑問に思っていたことがあるんだが……」

村中が腕組みした。

「犯人はなぜ気球の制御を解放したのか、そして制御を解放したと見せかけて実際にはあらかじめ予定した国に向かわせたのか？　おそらく同種のサイバー攻撃を受けてテイクダウンされることは織り込み済みだったはず。犯人はいったいなにをしようとしたんだろうね。国際関係の緊張を高めるというのもひとつの解だが、もっと違うなにかがありそうな気がする。非常に具体的な目的があったような気がする。いや、これだけのことをやるからにはあってしかるべきだ」

「向かった国って、どこでしたっけ？」

「中国、ロシア、北朝鮮、イスラエル、インド、エジプト……サイバー戦闘能力が高いか、サイバー軍需企業の顧客ばかりだ」

草波は電撃に打たれたようなショックを受けた。なぜ、それに気がつかなかったのか、自分の愚かさを呪う。

「わかったのかい？」

表情の変化に気づいた村中が声をかける。

「連中は使用済み核燃料を囮にして、大量の核弾頭を手に入れたんです。そしてそれをターゲットまで運ぶためのミサイルもすでに手中にしているはず」

「どういう意味だい？」

草波は自分が気づいた真相を村中に伝えた。

「犯人はえびで鯛を釣ったわけだ。となると、鯛を手に入れた後にすることが本当の目的といわけだね」

「それを待っているわけにはいきません。食い止める方法はあります」

「どうやって？」

「アメリカや今回ターゲットになった国に協力を要請するんです」

「無茶だ。今からでは間に合わないと思うよ。敵もこちらの対応が遅れることを計算に入れているはずだ」

「なら、それより早く動けば勝てます。少なくとも被害を少なくできる」

村中は同意しながらも乗り気ではないのか動こうとしない。草波は、焦りだした。村中を置いて自分だけ先に会議室に戻ってしまいたいが、そうもいかない。

「先生！　急ぎましょう。一刻を争う事態なんですよ！」

草波の切羽詰まった様子に村中が渋々といった様子で立ち上がった。片手にコーヒーカップを持ったままだ。

「君の予想には同意する部分も多いが、対処方法はないというのが僕の結論だ。つまり急ぐ必要はない」

草波と並んで歩きながら、村中が独り言のようにつぶやいた。対処方法はあるが実行できないのだ、くだらない金と権力にしがみついているために。草波は唇を嚙んだ。それにしても、村中の落ち着きようはどうだ。世界が破滅するほどの事態が始まるというのに！

＊　＊　＊

加賀不二子がマダムシルクのボックス席でキンドルを読んでいると、突然スーツ姿の男性ふたりが店に入ってきた。ひとりは扉付近に立ち、もうひとりは不二子の前に腰掛けた。ぎょっとする。

「加賀不二子さんですね？」

「……」

不二子は答えなかった。相手の正体がわかるまで自分のことを口にしたくない。

「ちょっとちょっと、あんたたちなに？　トラブル？　警察呼びますよ」

カウンターからママが怒鳴った。

「警察の者です」

扉付近に立っていた男が、静かに答え、警察手帳を掲げて見せた。ママが黙る。不二子も扉の方へ目をやり、青くなる。視線を目の前の男に戻すと、その男も警察手帳を出していた。近くで見ると、本物らしく見える。そもそも本物を見たことがないので確認しようがないのだが。

それにしてもどういうことだ？　ばれるはずはない。でも、なぜ警察が来るんだ？

「ちょっとお話をうかがいたいので、ご足労いただけると助かります。お宅にうかがったんですが、お留守のようでしたのでね」

「任意ですか？　任意なら拒否できますよね」

精一杯の勇気を振り絞って抵抗した。ついていったら二度と戻って来れないような気がする。

「現在進行中の事態なので緊急逮捕できます」

相手はひるまない。

「逮捕？」

予想していなかったわけではないが、実際にその言葉が出ると身体が震え、理性が崩壊しそうになった。泣き叫んで逃げ出したくなる。かろうじて自分を抑えた。どこまでわかっているのだろう？　まだ自分には言い逃れできる余地はあるのだろうか？　この場から逃げる方法がないのか？　いや、逃げても追われるだけだ。

「この場で手錠をかけて連れ出すことだってできるんです。協力的な態度を取った方が賢明です。あなたは利口なはずだ。なぜ我々が来たかわかっていますよね」

ほんの数秒、不二子の頭脳にあらゆる選択肢が浮かび、その得失が計算され、結論が出た。もはやここまでだ。

「わかりました」

不二子はキンドルをバッグにしまうと立ち上がった。意外と早かった。これで終わりなんて信じられない。自分の人生を賭け、そして負けた。二十六年間築き上げてきた中途半端な信頼や人間関係をこれから全て失う。走馬燈のように、これまでのことが頭に浮かんできた。

「なぜ、わかったんです?」と尋ねてみたい。どこで間違えたのか答え合わせをしたい。でもそれはできない。だって、そんなことを言ったら犯人だと自白しているようなものだ。

「不二子ちゃん、信じてる。待ってる」

マダムシルクを出る時、後からママの声が聞こえ、泣きそうになった。無理だと答えたかったが声にならなかった。少なくとも、ママが生きているうちに戻ってくることはないだろう。

＊　＊　＊

煮え切らない村中と草波が押し問答をしていると、スマホが鳴った。はっとしてふたりとも自分のスマホを確認する。

「僕だ」

画面を確認した村中が、耳にスマホを当てる。

「はい。ほんとですか？　すぐに会議に参加します」

なにか動きがあったようだ。第二弾の攻撃が始まったにしては早すぎる。少なくとも準備に数時間はかかるはずだ。そこから攻撃態勢に入る。半日はかかると草波は計算していた。

「主犯格らしい人物を逮捕したということだ」

村中は早足になる。

「なんですって？」

予想外だ。いったいどうやって犯人がわかったというのだろう。

「会議室に急ごう」

ふたりは、ほとんど駆けるようにして会議室に向かった。


「村中と草波です。戻りました」

息せき切って村中が伝えると、画面から声がした。

――村中先生がいらっしゃいました。では、おさらいします。公安が今回のテロの主犯と思われる女を池袋で確保しました。


「女？」

草波が思わず、声をあげた。まさか主犯が女とは思わなかった。

——二十代後半の会社員です。ＩＴ系企業に勤務しています。日本国籍を有する日本生まれの日本人です。

二十代後半の女性会社員？　意表を突かれた。考えてもみなかったプロフィールだ。そういえば容疑者リストに女がひとりだけいた。あの女なのか？

「それが犯人ですか？　目的はなんでしょう？」

村中が訊ねる。

——目的はまだわかっていません。公安が尋問しています。おそらく主犯に間違いありません。共犯者から得た情報とも一致します。アリバイもありません。不審な行動を取った日時と、今回の事件が一致しています。

共犯者？　そこまでもうわかっているのか。草波は、捜査の進展の早さに舌を巻いた。

——いや、だからそもそもなんでわかったんだ？

画面の向こうで誰かが草波の知りたかったことを質問してくれた。

——順を追って説明します。まず最初に、韓国内で気球を輸送した人間や、ドローンを輸送した人間を韓国警察が確保しました。彼らはＫｕｒＫｅｒで依頼を受けていました。依頼主として登録されていたメールアドレスとログ解析の結果わかった相手先をリストアップし、ＫｕｒＫｅｒからの確認事項を装ったメールにマルウェアをつけて送りました。

——標的型攻撃をやったのか！

——現在説明しているのは米軍と韓国の共同作戦です。アルファ社が参加しています。日本側は全く関与していませんし、連絡も受けていません。

標的型攻撃とは特定の相手や組織に対して攻撃を行う手法である。知り合いや取引先などになりすましたメールなどを用いて、マルウェアを送り込む。脆弱性情報が核弾頭だとすれば、標的型攻撃はそれを載せて敵まで届ける核ミサイルだ。

——韓国だって違法だろ。

——詳細は不明ですが、法的根拠はあるようです。引き続き説明します。並行して、この事件に関する情報を掲載している主要サイトにトラップを仕掛けました。主として韓国内のものです。いわゆる水飲み場攻撃です。標的型攻撃と水飲み場攻撃で、韓国内の協力者および日本国内の関係者と思われる人物が数十人ピックアップできました。韓国警察はすぐに韓国内の人物を捜査し、犯行に関与した数名を確保し、彼らの口から出た日本側の協力者とピックアップされていた日本人のリストを照合し、重複する人物に再び標的型攻撃を仕掛け、スマホを乗っ取ってメールやトークのログから主犯格の人物を特定しました。その段階でやっと日本側に協力要請が来て、我々も事態を把握できたということです。韓国内では一斉に関係者を確保し始めていますが、日本ではまだ主犯格の人物のみです。韓国側からリストが送られてくるのを待って、一斉に逮捕します。

——気球の争奪戦をしている間に、そんなことを進めていたんですか。

——そのようです。日本国内に協力者がいるとわかった段階で、韓国側はぎりぎりまで情報提供しない方針を固めたようです。信頼されていませんね。それどころか、日本に韓国の警官を送り込んで逮捕し、連れ帰る案も検討されたということです。それに比べればだいぶ平和的な解決方法になりました。

——バカな！　金大中事件をもう一度やるつもりなのか。

——日韓の外交ルートが有効に機能したことを喜びましょう。

主犯が逮捕されたということは、最後の攻撃は起こらない。草波は安心した。

——それと、ここだけの話にとどめていただきたいのですが、韓国の国家情報院はＬＩＮＥの傍受データも利用したそうです。

――今さらだが、ＬＩＮＥは国家情報院に筒抜けってことだな。

――外務省に連絡は？

――まだです。事実確認をもう少ししてからと思いまして。

――ということは韓国には逮捕したことは伝わっていないんだな？

――もちろんです。一部報道機関には情報が漏れましたが、報道管制を敷くことにしました。これは下手な扱いをすると、韓国との関係がこじれます。

――女の裏は？

――わかりません。調査中です。

――問題はいつ犯人を韓国側に引き渡すかです。

――韓国側に引き渡すのか？

――韓国で起きた事件の犯人ですからね。ただ、こちらもできるだけ状況を把握しておきたいのと、関与している人間を訊き出すためにも少しでも長く尋問したい。話を訊きたいという人間が日本側にもたくさんいます。しかも他の組織と一緒は嫌だという条件です。

――韓国側から提供されたリストにある日本人を全部渡すんですか？

――おそらく引き渡すことになるでしょう。

――真相はちゃんと教えてもらえるんですか？

――外交ルートでは、そういう話になっています。確定というわけにはいきません。できるだけ努力するという表現になっています。だから、犯人がこちらの手にあるうちにできるだけ訊いておこうということになっているわけです。

　最後の最後まで面倒な駆け引き、綱引きが続くものだと草波はため息をついた。

「先生のカンが当たりましたね。まさか日本、それも東京に潜伏しているとは思いませんでした」

「正直、僕も信じられない。二十代の女性で会社員とはね。会社勤めをしながらテロ計画を練って実行したわけだ。恐ろしい時代になったものだ」

「先生にしては珍しく驚いてらっしゃる」

「僕だって驚くさ。これはかなり予想外だった。だが、これでさっきの君の懸念も解消されたわけだ。犯人が逮捕されたなら、次の攻撃はないだろう」

「ほっとしました。あの話を信じてもらうのは骨が折れるだろうと思っていましたから」

　草波はほっとして、椅子に腰掛けた。自衛隊のエスに連れ出されてから、たった八時間の間に、歴史に残るような事件が次々と起き、そして解決した。濃い一日だった。

＊　＊　＊

　千夏子はニュースを見て愕然とした。テロが失敗したと報じている。どういうこと？　完全な計画じゃなかったの？　だってまだ始まってから一日も経っていない。私はまだ海外に出ていない。

　全てが露見して逮捕されるのではないかという恐怖にかられ、膝の力が抜けた。立ち上がりかけていたが、そのまま座り直す。

心臓の鼓動が激しくて、周囲に聞こえるのではないかと思うほどだ。必死に、落ち着けと何度も言い聞かせ、何度もサイトのニュースを読み返す。頭がうまく働かず、文章の意味が時々わからなくなる。

「ねえ。母さん、これほんと？　失敗したって言ってるけど」

啓一が血相変えて、リビングの千夏子のところに飛んできた。

やはりテロが失敗したのは間違いないようだ。史子は捕まったのか？　どこまでばれているんだろう？　自分のことも警察に伝わっているのだろうか？

脚が震えているのに気づいて、あわてて両手で押さえて止めると、スマホが揺れた。史子からのメールだった。

——安心して。これは作戦通り。あなたは予定通りに行動すれば大丈夫。こちらのことは相手には全くわかっていない。

とにかく、史子は捕まっていないようだ。少し安心する。いずれにしても、予定通り行動するしかない。

第6章

18:00

サイバーカタストロフィ

サイバーカタストロフィという言葉を最初に使い出したのは誰かわからない。しかし最初に人々が目にしたのは、この時だった。

米軍がテイクダウンを実行した二時間後に、世界同時多発サイバーテロが勃発した。いまだになにが起きたのかはっきりとしたデータがない。事件後、数カ月経ってから、データを盗まれていたことがわかるケースも少なくなかった。

目に見える事件は、まず銀行とインフラで発生した。

各国の主要銀行の口座が不正アクセスされ、不正送金された。のちにそれは利用者がマルウェアに感染されたためと判明した。

いくつかの国で散発的に停電が起こり、発電所でシステムトラブルが相次いだため電力供給が不安定になった。幸いに日本の発電には異常がなかったが、北米と南米では広範囲で停電となった。そのおかげで個人宅やオフィスではデスクトップパソコンが使えなくなり口座確認ができなくなったが、銀行のデータセンターは非常電源で運用されていたためテロリストたちは悠々と不正送金を続けることができた。送金業務が時間外の国では、ATMなどから不正に多額の現金が引き出された。

航空会社のシステムと空港の管制システムがダウンし、世界の主要空港が機能停止した。

いくつかの国ではインターネットも放送も止まったため、なにが起きているかわからない状態に陥った。

事態を重く見ていくつかの金融機関は、ネットでの個人取引を中止した。だが、それがかえってパニックを招いた。


——あの銀行ってハッキングされて、金を全部盗まれたって話だ。だからサービスを中止したんだよ。

——でも預金って一千万円まで保護されるんだろ？

——そういうことになってるけど無理だろ。だって、今サービス止めてる銀行と証券会社って、二十近くあるんだぜ。全部保証したら、何億円、いや何兆円かかるんだよ。

——ええと、銀行に一千万円以上預金している人ってどれくらいいるんだろ。百万人くらい？

——バカ。日本はそんな貧乏じゃねえ。口座数でいえば、重複してるから一億近いんじゃねえの？　だって都市銀行だと一行だけで数千万口座ある。

——一億口座？　それに一千万円かけたら一千兆円？　そんな金あるの？

——日銀が刷ればいくらでも用意できるよ。

——インフレになって崩壊するw

ブラジリアとロンドンでは不安にかられた市民が銀行に押しかけ、鎮圧に当たった警官隊と衝突して暴動に発展した。

ビットコインなどネット通貨の不正送金被害は計算不能だった。そもそも誰がいくら保有しているのかわかっていないのだ。確かなのは、莫大な金額が数時間のうちに何度も送金され、結果として自殺した被害者が数十人出た。

だが、より深刻な事件は表には出なかった。サイバー軍需企業と各国の軍事諜報機関から機密情報が大量に盗み出された。

* * *

千夏子の元に、急いだ方がいいから今夜の便で海外に出た方がいいという指示が来た。えらく急だ。もしかすると、さきほどの逮捕に関係があるのかもしれない。夜の便を手配したので、すぐに来いという。航空券は空港で渡してくれるという。日本中が大騒ぎになっているが、幸いバスなどは動いているみたいだ。

会社と学校にはメールでしばらく休む旨を連絡した。向こうに着いてから、うまい理由をつけて強引に辞めよう。書類がどうのと言うかもしれないが、とりにいくといってばっくれるしかない。

母のことが心配だが、自分が犯人だとわかることはないから時々連絡すれば安心するだろう。外国の会社で働くことが急に本決まりになったから啓一と一緒にこれから発つ。無茶苦茶な話だが、なんとかわかってもらえた。いや、わかってないと思うし、わかっていたらかえっておかしい。察してくれたのだろう。

あわてて荷造りしながら、もう母と会えないかもしれないと思うと、涙がこぼれそうになった。申し訳ない。自分のわがままのために、母をうまく利用してきた親不孝者だ。できれば母も連れていきたいが、年齢を考えると難しい。慣れない土地でつらい思いをさせるだけのような気もする。

できれば何年か後……十年以上先になるかもしれないけど、ここに帰ってきて母の面倒をみたい。その頃には啓一も少しは頼りになっているだろう。

考えても仕方がない先のことが頭に浮かぶ。そんなことより、今日のフライトの方が重要だ。日本をうまく脱出しなければ、新しい生活は始まらない。そこまで考えて、ふと「このまま日本にいてもいいのではないか？」という思いが頭をよぎった。

わざわざ日本語の通じない見知らぬ土地に行く必要はないのではないか。不安で決心がゆらぐ。しかしここで諦めてしまったら、ここまで無理してがんばってきたことの意味がなくなる。

全て自分がしたかったことで、自分が決めた。最後までやりぬこう。自分の人生なのだ。そのために手を汚したことを無駄にしたくない。

「もう用意できた？」

啓一だ。

「うん」

「オレも」

啓一にはくわしいことは話していない。ただ、急いでアメリカに行くとだけ伝えた。ほんとに突然だったろう。

「あのさ。どこまでなにをやったの？」

啓一の目つきが普段と違う。好奇と畏怖と尊敬の眼差しだ。こんな目で見られたのは初めてだ。皮肉なものだと思う。結婚していた頃、あんなに必死で子育てと仕事にがんばっていたのに、こんな目で見られたことはなかった。犯罪者になって仕事を捨てて海外に逃げるとなってから、息子に尊敬されるなんて滑稽だ。でも、うれしい。

「そんなたいしたことはないのよ。私のできることには限界があるから」

息子に、不倫相手のノートパソコンにマルウェアを感染させたなんて言えない。啓一の頭にはマシンガンのようにキーボードを叩き、ネットワークをハッキングする魔術師のようなハッカーの姿が浮かんでいるのだろう。

残念だけど、自分はそんなことはできない。おそらく今回のテロに関わったほとんどの人間がそうだろう。アニメや小説に登場するスーパーハッカーなどごく一部だし、ほとんどのサイバー犯罪は自分のような中途半端にわかっている者が手を染めるのだろう。

千夏子は啓一とともに家を出た。

＊　＊　＊

まだ一日は終わっていなかった。草波の横で、村中は淡々と状況を追っている。

「大量に書き込まれているツイートによると、東京と大阪でも暴動が起きているらしい。ツイッターのトレンドに『東京暴動』が入ったね」

「まさか」

東京で暴動など想像したこともなかった。あわてて村中のパソコンをのぞき込む。ネットニュースだったが、都内で暴動が発生し、拡大しているという噂が広まっていると報じていた。

「またスリープウォーカーを使ったんだろう。暴動が起きていると本気で信じて東京から逃げ出す人が多数出ているようで、ニュースで落ち着くようにと放送している。僕は、こういう放送は逆効果だと思うんだ。こうなってくると、東京でリアルに暴動が起きても不思議はない」

「でも、なぜです？　主犯も共犯者も特定されていたはずじゃないですか。主犯は逮捕されてるんですよ。それだけじゃない。犯人の過去の通信内容も全部確認したんでしょう」

「さっきの報告ではそうだった。つまり、論理的に考えると報告は間違っていて、犯人ではなかったということだろう」

村中がとんでもないことを口にした。草波はあっけにとられて、村中の顔を凝視する。

「いや、先生。しかしですね。さっきあれだけ証拠があるって言ってたじゃないですか。それで犯人じゃないなんてありえるんですか?」

「さきほど逮捕した人物が主犯であるというのは、ひとつの側面からの回答として正しいのだろう。我々は大事なことを忘れていたんだ」

村中はそう言うと、問いかけるように草波の目を見た。なにを間違ったのか当ててみろと言われている。さきほどの報告を思い出してみる。通信を追跡し、記録を確認し、その上で犯人と断定した。どこに問題があるのだろう。

「犯人はサイバー軍需企業の情報をネットにさらした。アメリカや韓国や日本の同種の情報も盗み出している可能性が高い。相手はこちらが使用するツールや用いる手法、分析の手順を全て知っていた。誤った結論に導くような証拠を残したのだろう」

「僕らは騙されたんですか?」

「まんまと犯人の罠にかかった。逮捕されたのは主犯などではない。この騒ぎがその証拠だ」

村中の言葉に草波は完膚なきまでにたたきのめされた。もう挽回はできない。燃え広がるのを防ぐことしかできない。犯人は永遠に捕まらないだろう。

あることが頭をよぎった。そういえば、あれはどうなったんだろう?

「先生、犯人が失敗したケースを調べてらっしゃいましたけど、あれはどうなりました?」

その時、草波は村中が微笑んだような気がした。

「失敗のケースは、意外と絞り込むのが難しくてね。まだこれがそうだというのは特定しきれていない。日本や韓国のサイバーセキュリティ関係組織などに提出されて未登録の脆弱性を盗もうとする標的型攻撃なども見つかっていた。時間があれば犯人の目的をもっと早く特定できたかもしれない」

脆弱性は見つかってもすぐに公開されないことがある。第三者が発見した場合、脆弱性のあったソフトの開発会社やサイバーセキュリティ関係組織への連絡を行い、対処方法を準備してから公開する。そのため、脆弱性が提出されても登録と公開まで少しタイムラグがある。その間に盗み出せば、ゼロデイ脆弱性として兵器に使える。

＊　＊　＊

米軍のテイクダウンをもっていったんアノニミティのリアンクール・ランデブーは終了した。その後、世界同時テロ発生と同時にチャットルームが設けられた。辻はそちらにも顔を出すことにした。各地の被害報告などが続く中、あまり見たことのないメンバーがぞろぞろと参加してきた。

——さっき僕らだけで話していたんだけど、もしかするととんでもない事態が発生しているのかもしれないと思ってさ。

——その説明じゃ、なに言ってるかわからないよ。

——白状しよう、僕はブラックゲームの人間だ。そしてここに来たメンバーの中にはガンマやハッキングチームなどのサイバー軍需企業の人間がいる。情報交換してみてわかったことがある。おそらく今回の世界同時多発サイバーテロの真相だ。

——なんだって？　ほんとか？

——ああ、間違いない。だが、その前にこれがいろいろな意味で取り扱い注意だって理解しておいてくれ。僕らが合意するまで外部には絶対漏らしてほしくない。

——了解した。

やってきたメンバーは、驚くべきことを語り出した。質問と反論が殺到し、しばらくチャットルームは収拾のつかない状態に陥る。

——この後、どうなるんだ？

——犯人のシナリオはこれで終わりだろう。後は逃げるだけだ。問題は、この結論をどうやって公表するかだ。公表すれば現在進行中の被害を食い止められる可能性は高い。でも、僕らはアノニミティに参加していることを知られるわけにはいかないんだ。

そもそもサイバー軍需企業に所属する彼らはなんのためにアノニミティに参加しているのだろう。かすかな良心のためか、情報収集のためか、それとも学生時代からずるずると辞めるタイミングを失っているだけなのか。

——僕らには僕らなりの信念があるんだよ。世間とはちょっと違うし、ひとりひとりの考えも違うけどね。

辻が黙ったので、察したようだ。


——公開してもよいという意見と、それは許せないという意見がある。

——オレは嫌だ。絶対やらない。

——そんなことしなくても、表のサイバーセキュリティ会社が対処するよ。今、情報開示したら、情報漏洩の犯人探しが始まって正体がばれる。

——犯人探しまでやるかな?

——やるに決まってる。いいか、オレたちは死の商人なんだぞ。

——表のサイバーセキュリティ会社が対処するのを待つ時間にも莫大な被害が発生するんだぞ。すぐに公開した方がいい。


議論が始まったが、辻は時をおかずに公開されるだろうと考えた。この話をチャットルームに持ち込んだ時点で、誰かが抜け駆けする可能性がある。これで事態の収束は早まる。それにしても化け物のような犯人だ。

＊＊＊

ダークスーツに身を包んだ吉沢が、いつもと変わらぬふてぶてしい態度で緊急対策会議の場に現れた。全員の視線が集まるが、ものともせずに巨軀で受け止め、ひとりひとりの顔を確認するようにじろりと見回す。各省庁ならびに自衛隊、大手民間企業から派遣されているメンバーだ。

「お呼びでしょうか？」

一渡り周囲を確認してから、吉沢は口を開いた。

「呼んだから来たんだろう？」

制服姿の男が吐き出すようにつぶやいた。

「禅問答みたいなことを言ってる余裕があるんですかね？」

吉沢は不敵な笑みを漏らす。

「同時多発サイバーテロのことだ。お前なら、心当たりがあるんじゃないかと思ってな」

そう言った男は壁のスクリーンに投映されている国内で発生しているサイバー事件の一覧表を指さした。

「いやあ、僕がオフィスを出た時よりも、やられた会社も増えてるし、被害者も増えてる。これは豪快だ」

「ＦＢＩから情報提供があって、一部は著名なサイバー犯罪組織が配布したマルウェア開発キットによるものだそうだ」

「へえ、アメリカの警察は親切ですね」

「なにが起きているのかはわかるが、全貌がわからん。いったい誰が仕掛けているんだ？　それともこれは複数の犯罪組織の活動が偶然活発になっただけなのか？」

焦った声が飛ぶが、吉沢は落ち着き払っている。

「いやだなあ。僕に訊かないでください。僕は犯人じゃないですよ。知るわけないじゃないですか」

わざとらしく、おおげさに両手を振って否定してみせる。

「冗談を言ってる場合じゃない。なにかわかってることがあるのか？」

「……そもそも、なにが起きたかわかってないんですよね。偶発的なサイバーカタストロフィだと思ってるんじゃないんですか？」

「サイバー犯罪組織がテロを仕掛けてきたんだろ？」

「違いますよ。リアンクール・オペレーションの目的はこれだったんです」

リアンクール・オペレーションと言ったとたんに場が静まった。なにを言い出したのかわからないという反応だ。

「なにを言ってるんだ？　あれはもう終わった。犯人も逮捕されただろう」

「わかってない。嫌だなあ。あれが主犯のわけないでしょう。こんな頭の悪い人たちだったなんて、やられて当然ですよね。おそらくアメリカやサイバー軍需企業は、もう正解にたどりついていると思いますけどね」

ざわめきが広がる。まだ誰も吉沢の話している意味を理解していないようだ。

「だから！　なにを言ってる？」

「リアンクール・オペレーションの目的は、独立国家を作ることでも、原発テロをすることでもなかったんです。目的はサイバー軍需企業や各国が極秘に保有していた脆弱性情報です。すでに買い手がついていたり、マルウェアに仕込んで武器化したものではなく、ごく少数の関係者しか知らない特別なヤツ。よほどのことがない限り使わないはずだったものです。原発テロを行い、サイバー軍需企業が販売している脆弱性情報をネットにさらして、秘密兵器を使わざるを得ない状況に追い込んだんです」

「脆弱性情報だと？」

「そうです。極秘の脆弱性情報を使ったおかげで、原発テロは収束しました。でも、使ったことでその中身が相手にわかってしまった。普通ならわかりません。痕跡をきれいに消去するようにしてから攻撃しますからね。相手があらかじめ、罠を仕掛けてそこに誘い込んできた場合は別です。詳細な記録がとられ、どんな攻撃が行われたのかわかってしまいます。攻撃したことで、攻撃に使った脆弱性情報が相手にわかってしまったわけです。しかも米軍だけじゃありません。中国もロシアもイスラエルもサイバー戦争の先端を走っている国は、軒並み気球をハッキングしましたから、そこで使った脆弱性情報が相手にわかってしまった。連中はその脆弱性情報をまんまと自分のものにして、それを世界中の金融機関や政府機関、軍需企業への攻撃に利用したんです。で、さらにたくさんの最新の脆弱性とサイバー兵器を手に入れた」

その場が静まりかえった。しばらく誰もなにも言えない。

「そんな……バカな」

「おかげで、連中のところには金と新しい脆弱性情報や機密情報がたっぷりです。頭がいいですよね。やろうと思えばインフラを乗っ取って、脅迫もできたのに、そんなことをせずにもっとも効果的なやり方を選んだ。尊敬しますね」

「し、しかし、ゼロデイ脆弱性だけあっても、それだけでは不十分だ。標的型攻撃を行うには、信用させてファイルを開かせないとマルウェアに感染させられないだろ」

「スリープウォーカーやハッキングで、騙してファイルを開かせるための情報も入手していたんでしょう。いつもメールでファイルを受け取っている相手からファイルが届いたら開くでしょ。スリープウォーカーやハッキングで集めたメールアドレスとありそうなメールのタイトルで偽装すればいいだけの話。ゼロデイ脆弱性と、信用されるような説明のファイルが組み合わさった最凶のサイバー攻撃です」

「本気でそうだと思ってるのか?」

「だって、状況から考えてそれしかないでしょう。アメリカかサイバー軍需企業に訊いてみればわかりますよ。被害を受けた企業で攻撃された脆弱性情報がどんなものだったのかってね。たとえば、ブラックゲーム社が気球のテイクダウンに使った秘密兵器をガンマ社への攻撃に使って情報を奪い、ガンマ社の秘密兵器をＮＳＡへの攻撃に使う、というふうに組み合わせたんでしょう」

「しかし……リアンクール・オペレーションは、こんな大規模な攻撃を仕掛けられるほど巨大な組織だったのか?」

「それって新しいボケですか? 突っ込むべきですか? それとも笑っていいのかなあ。真面目に言ってます? あんな狡賢い連中が自分でやるはずないじゃないですか。アンダーグラウンドマーケットのディーラーに高値で売ったんですよ。おそらく事前に安くて強力、ただし使える期間は短いのを売るってネゴしてたんでしょう。品質は実戦で確認済みですしね。で、買ったディーラーたちが安く武器化して売り出したおかげで、一斉に攻撃が始まってしまった。ディーラーたちもまさかこんなにたくさん一度に攻撃が始まるとは思っていなかったでしょうね。サイバー軍需企業と政府機関だけは、リアンクール・オペレーションが自分で攻撃したと思います。そこからさらに新しい脆弱性情報を入手できますからね」

「そんなバカな……」

「実際起きてるのはそういう騒ぎですよね。現実を見ましょうよ。つじつま合ってるでしょ?」

会議室は静まりかえった。

「だから最初から僕をメンバーに加えていればよかったんですよ。全てが終わってから呼んでもなんの役にも立たない。子供じゃないんだから、僕の方が頭がよくて正しい判断をしてくれそうだと思ったら、冷や飯食わせてすみませんでしたって謝ってお願いすればいいんですよ」

吉沢はわざとらしく嘆息してみせる。

「お前のそういう言動が、そうさせないようにしてるとは思わないのか?」

「昔の人はえらかったなあ。耐えがたきを耐え、忍びがたきを忍びとかいって我慢したんでしょう？」

吉沢がため息をつくと、こらえきれなくなったのか数人が立ち上がった。

「おっ、怒りました？　僕のような冷や飯食わされてる人間にちょっと煽られて怒るなんてみなさん安すぎです」

吉沢に煽られたが、すぐに気を取り直して腰をおろした。

「吉沢！　お前は犯人グループを特定して確保するんだ」

「笑点の大喜利だったら座布団三枚くらいもらえそうなオチですね。状況をちゃんと把握してくださいよ。困ったなあ。いまだになにもわかってないんだから……情弱のおじいちゃんばっかりですか、ここは？」

「口を慎め！」

「あれえ？　忌憚《きたん》ない意見を訊きたいかとおもったんですけどね。あのですね。敵はゼロデイ脆弱性を持っている上に、今回の攻撃で各国の機密情報やボットネットを手に入れたんですよ。もしかしたらサイバー空間最強の兵器をそろえたんじゃないですかね？　そんなのを相手にして日本のどこの組織が戦えるっていうんです？　完全に初動で失敗しました」

「初動でなにができたっていうんだ？」

「アメリカに土下座して、金払って、お願いですからなんとかしてくださいってお願いするしかなかったんです。結局、半端なタイミングで頼むから、なにも得られなかったじゃないですか」

「そんな……」

「この場合はそれしかないと思いますよ。だって韓国国内の事件なんだから、そこに介入できるのはアメリカくらいでしょ？　最初からアメリカにまかせておけばよかったんです」

誰もなにも言わなくなった。正論かもしれないが、このタイミングで吉沢から言われたくない。

「そもそも日本には純粋に国産と言えるアンチウイルスソフトも、ソーシャルネットワークサービスも、監視システムもないんです。全部アメリカに持ってかれてるでしょう。これにこりて、もう少し利口になってくれるといいんですけどねえ。長い目で見てちゃんと機能する治安防衛体制を作りましょうよ」

「口を慎し……」

「仕方がない。あいつの言う通りだ」

誰かがつぶやき、再び場は静まった。

「念のため言っときますけど、僕はこうならないように、なにをすればいいかをずっと提案してきています。これからはちゃんと僕の意見に耳を貸すことですね。さもないともっとひどいことが起きますよ、きっと」

吉沢はそこまで言うと、「失礼します」と部屋を後にした。

＊　＊　＊

日本支社の会議室で待機していたブライアンは、不安と焦りを感じていた。この騒ぎの最中になにもできない。本社に連絡してもつながらない。支社はなにもわからないという。いったいどうなっているんだ。

やきもきしていると、スマホにメッセージが入った。

――よくやった。後は日本支社の連中にまかせて帰ってこい。

ほっとした。本社は支障ないようだ。

――これでよかったんですか？　大変な騒ぎになってますよ。

――わが社の契約した範囲では重篤な事態は発生しなかったし、顧客の満足する成果を出した。その後のことは別契約だ。

――商魂たくましいですね。

――おいおい。オレたちの仕事がどういうものだったか忘れたのか？　冷戦時代のアメリカは天使だったぞ。おかげで地球を何十回滅亡させられるくらい兵器が売れたんだ。いいか、大事なことを教えてやろう。地球が滅亡しても、オレたちは生き残る。そう信じるんだ。さもなきゃ兵器なんか売れない。

――地球は滅亡してもかまわないんですが、私の銀行口座は安全なんですかねえ？

――いい質問だ。バンカメだろう？　安全じゃない。安全なルクセンブルクの銀行を紹介してやる。

――そういう話なんですか？

もう一般の銀行に安全は望めないということなのだろう。時代は変わった。金を持たない者、知恵のない者は奪われ尽くす。


――お前だってわかってるだろ。違うのか？

――いや……違いません。

――よし、お前にシニア・マネージャーのポストを用意した。これからはアジア全体を担当しろ。

――ほんとに？

――次にアジアでサイバー戦争が起きれば、お前は役員だ。


ブライアンの脳裏に、『サイバー戦争の犬たち』という以前目にしたコラムのタイトルがよぎる。その通りだ。自分たちは、死の商人であり、『サイバー戦争の犬たち』なのだ。この世に戦いがなくなることはない。ならば、勝つ側、儲かる側に立ちたいと思うのは当然だ。なにが悪い。

人権を尊び、平和を希求する市民団体がスリープウォーカーに操られて、国益を損ね、多数の被害者を出すテロリストに味方したではないか。愚かな正義の味方は害悪なだけだ。

——東京オリンピックの前に役員になれそうですね。

このタイミングで東京でオリンピックがあるのはラッキーチャンスとしか思えない。東京はサイバーテロの恰好の標的になる。そして、自分は大量の兵器を売りさばける。


ブライアンがチャットを終えると、いつの間にか会議室に来た黒木が青ざめた顔で立っていた。

「私は本社に戻らなければなりません。お世話になりました。後は他の者が引き継ぎます」

ブライアンは訝しく思いながら挨拶する。

「お疲れ様でした。一緒に仕事ができて光栄でした」

「こちらこそ、ありがとうございました。顔色が悪いようですが、体調が悪いのでは？」

「いえ、実は私の口座からも不正送金が……」

ブライアンは笑い出しそうになるのをこらえるに必死だった。


帰りの飛行機はファーストクラスだった。さすがにプライベートジェットというわけにはいかない。役員になるまでお預けだろう。だが、果たして自分は役員になりたいんだろうか？　今回の事件は、ある意味いい勉強になった。これからわが社、いやサイバー軍需企業は人を殺すという意味のわかっていない連中を顧客にする。黒木のようなヤツらだ。

ごく普通の民間企業が我々に仕事を依頼する。競合会社あるいは某国からの脅威に対抗するためのアクティブ・ディフェンスを構築する。我々はお膳立てし、客はエンターキーを押すだけ。

それで、相手は貴重な情報を失い、あるいはインフラに障害が発生し、甚大な被害を受ける。

言葉で言うのは簡単だが、相手の受ける痛みや苦しみはわからない。わからないから、気軽にキーを押せる。正直言うと、そういう相手を客にしたくないと個人的には思う。潮時なのかもしれない。すでに米軍やサイバー軍需企業でも実戦経験のない人間が中心となって戦略や兵器開発、運用を行っている。時代は変わったのだ。

だが、辞めてどうする？　アーリーリタイアなんて退屈なことができるのか？　いっそジャーナリストに転向して業界の暗部を暴くのもおもしろい。即座に殺されそうだ。

＊＊＊

世界はネットでつながり、距離も時間も関係なくなった。小さな掌のうえに全てが収まった。でも、そこには迷路がある。

私は協力してくれた全ての女たちにビジネスクラスのチケットを空港でプレゼントすると告げた。彼女たちは、きっと不安と喜びに包まれて空港に向かうだろう、そこに警察が待っているとも知らずに。これから長く苦しい時間が待っているけれども、仲間が一緒なら心細くないだろう。もちろんチケットなど手配していない。

いろいろな男たちから情報を盗み出す手伝いをしてくれた最高の女たち。私からすれば仕事も男も手にした恵まれた女たちだ。自分では訳ありと思っているのがつけ込むにはちょうどよい隙だった。

市民権の予約にも、まんまと騙されてくれた。申込者の中から自分たちに似た人間がいればその人間になりすませるという説明に納得してくれた。もっともらしいけど、そんなバクチは打たない。最初からまがい物のパスポートや戸籍を用意しておいた。使い物にならない。家から空港に行くまでの間、彼女たちを騙せればいい。だって空港で逮捕されるんだから。

彼女たちは、私の名前や特徴を説明し、黒幕だと言うに違いない。素晴らしいことだ。それが最後の仕上げだ。私に似た容姿で少しだけ似た名前の女が要町にいる。加賀不二子さん、あなたは私の代わりに世界に災厄をもたらした魔女として裁かれてくれる。あなたにはなんの恨みもない。世の中には巡り合わせというものがある。そもそも人殺しなんかした時点で人生詰んでるわけだから、私のために犠牲になってもらっても問題ない。あの子の人生はこれ以上悪くなりようがない。

アレクセイからハードディスクを奪った男を殺して、アンダーグラウンドマーケットで売ろうとしていた不二子を見つけた時は、神様の存在を信じたくなった。アレクセイのデータなんかどうでもよかった。サイバーセキュリティ関係で怪しそうなことをしている女がいればよかっただけだ。

あれを見てアレクセイのデータとわかる人間はほとんどいなかっただろう。私にはすぐにわかったけど。だからすぐに高額で買い取り、不二子の身元を調べ上げ、そしてさまざまな証拠が彼女を示すように細工した。

私は彼女と同じ眼鏡をかけ、似たようなファッションを身につけ、キンドルを持ち歩いた。そしていざという時の連絡先として仲間の女たちに不二子の電話番号を教えた。間抜けな私の使い魔が逮捕されたら、すぐに電話番号から不二子を突き止めるだろう。もちろん、不二子は否定するだろうけど、警察は認めない。

思った通りに警察は動いてくれた。不二子が逮捕されたニュースを目にした時、シャンパンを開けた。

犯人探しのソーシャルネットワークの解析にはどのシステムが使われたのだろう？　どれでもいい。おおよそのアルゴリズムは似たようなものだ。ネットで義勇兵を募集して同時多発テロを仕掛ければ予防のためにこの種のシステムを使わざるを得ない。

ネット上の匿名のアカウントと特定のリアルの個人を結びつけるためにデータフュージョン技術が使われる。とても便利な技術だが、落とし穴がある。ロジックがわかっていれば、テロリストらしい匿名のアカウントを作るのは簡単ってことだ。そしてそのアカウントとリアルのアカウントを結びつけるのも簡単だ。年齢、年格好、職業、趣味あるいは知人や行動範囲を重複させればいい。リアルにやる必要はない。匿名アカウントでそう書けばいい。ついでに偽装した位置情報をつければ完璧だ。

サイバー軍需企業が提供しているソーシャルネットワークや国民行動の履歴のビッグデータから、怪しい人物を割り出す仕組みはとっくにわかっている。自分の身代わりを見つけたら、それに合うようにソーシャルネットワーク上のデータを用意するだけだ。

フェイスブックやツイッターアカウントを持っていない者はたくさんいるし、持っていてもほとんど活用していない者はさらに多い。乗っ取って、それっぽい日常のことをつぶやいて、さりげなく韓国や原発のことをつぶやいたり、他のテロリストと会ったりしたような話をすればいい。それで一気にデータ上はテロリスト陽性反応になる。

ビッグデータ？　監視システム？　愉快でたまらない。そんなものはしょせんデータの塊でしかない。人間が作ったデータは人間が偽装も改竄もできる。サイバー兵器だって同じだ。サイバー時代の核弾頭と言われるマルウェアもデータでしかない。

鹿賀史子は、晴れ渡った初秋のバンクーバーの街並みに目を向けた。これから自分は束縛されずに生きていく。そのための金と力が手に入った。もう誰にも自分を止めることはできない。

掌のスマホに目を落とす。この中に世界が収まっている。いつだって好きな時に、好きな国、企業、個人を破滅させることができる。神様になることが、こんなに愉快とは思わなかった。

エピローグ　20:00　サイバークーデター

　米軍からテイクダウンに使用した脆弱性情報がテロリストに悪用されたという報告が来た時、草波は思わず机を叩いた。やはり自分の見込みは当たっていた。

「戦況をひっくり返すチャンスはありました。あの時、自分が報告した時に関係各国がテイクダウンに使ったゼロデイ脆弱性と対処方法を公開すればよかったんです」

　傍らの村中を責めるような口調になった。なぜ村中は、あの時乗り気でなかったのか。

「それは無理だ。脆弱性情報を公開しろというのは、武装解除しろというようなものだし、サイバー軍需企業がからんでいれば契約上勝手に公開することはできない。そもそも顧客もゼロデイ脆弱性の内容を知らされていない可能性もある」

「だったらサイバー軍需企業に公開させればよかったんです。なんだかんだいってもしょせんは民間企業でしょう。なんとかできなかったんですか」

「……なんともできないことが今回の事件でよくわかった。軍ネット複合体はかつての軍産複合体以上の影響力を持っている。もはやどこの国の言うこともきかないだろう。対抗できるのはテロリストだけというのは皮肉にしてはできすぎているが」

村中は嘆息した。自分はテロリストと韓国、アメリカ、日本の戦いと思っていたが、実際にはテロリストとサイバー軍需企業の戦いだったのではないかという気がしてきた。なんともいえない空しい気持ちに襲われる。

「しかしですよ。もう一度同じようなことが起きたら、同じようにやられるってことになりませんか?」

「それはテロと戦争についての本質的な問題だね。残念ながら、我々は同じことを繰り返している。見かけは少し変わっているかもしれないが、テロも戦争も繰り返し行われ、さまざまな抑止策は全て役に立たなかった。この事件も同じだ。同じことをされればテロリストが間抜けでない限り、成功する。もちろん全く同じではダメだがね。ちょっとどこかを変えるだけでいい」

草波は村中の持論を思い出した。テロの本質と基本的な方法論は変わっていない。ただ、少し見え方が変わっただけだ。リアルのテロもサイバーテロも本質においては同じなのだ、と教えられた。

「先生、本気でおっしゃってるんですか?」

「本気だよ。人類の歴史というのは究極的には無為なんだと最近思い知らされることが多くなった」

「僕は人類の可能性を諦められません」

「うん、その方がいい。君たち世代が諦めたら終わりだ。私はそろそろ引退すべきなのかもしれないね」

「それにしても、このままではどうにもならない」

草波は自分の中にこれまでにはなかった感情が芽生えるのを感じた。怒り、焦り、そういったものが熱く溶けて渾然一体となったどろどろしたものだ。なんとかしないと本当に大変なことになる。なぜ誰もやらないんだ。誰もやらないなら、自分がやるしかないではないか。

村中は同じことができると言った。それは、自分が同じことをすれば同じ力を手に入れられるということだ。テロリストが実行するずっと前にシナリオを書いたのは自分だ。今ならもっと緻密な完成度の高いシナリオを書く自信はある。皮肉なことに、そのために必要な情報は今回の事件で得た。

シナリオを書いて実行し、金と力を手に入れる。そして……日本を正しい方向に導く。狂信者、全体主義者の発想だ。しかし、今はそれが必要な時期なのかもしれない。

そこまで考えた時、自分の顔を横で見ている村中に気がついた。

「僕は消えていく人間だ。邪魔はしない。いや、むしろ協力しよう。君をここに呼んだのは僕だからね」

草波は一瞬、村中は最初から全てを知っていたのではないかという思いにとらわれた。この結末を見せて、なすべきことを気づかせようとした。そう考えると、妙に悟ったような村中の態度も納得できる。

しかし誰も予想できなかった犯人の目的や罠を知っていたとは考えられない。いや、稀代の戦略家ならありえる。そうだ。村中は、自分の恩師だ。自分がかつて書いたシナリオの先の先を考えていても不思議はない。

「君にお客さんだ」

ぼんやり恩師の顔を見つめていた草波は、その言葉で我に返った。村中の手には内線電話機がある。

「どなたでしょうか？」

「吉沢と言ってもらえればわかると言っているけど、どうするね？　受付に訊けば入館の際の身分証明について教えてくれる」

「いえ、それには及びません。会います」

電話で話した時から一度会ってみたいとは思っていた。このタイミングでやってきた理由も知りたい。なにか新しい情報を持っているのかもしれない。

「では、ここに通してもらおう。私も会ってみたい」

村中は当然のようにそう言うと、内線電話でその旨を伝えた。


吉沢は草波と村中のいる会議室まで案内されてやってきた。草波は、立ち上がって村中に紹介する。

「警察庁の吉沢さんです。リアンクール事件で国内の捜査に当たっていた方です。昼間、捜査の件で相談の電話をいただいたときに話をしました。なんとなく自分と考え方が近いような気がして、一度会いたいと思っていたんです」

草波の説明を聞いた村中は楽しそうに目を細めた。

「君と同じ考え方？　それは興味深い」

村中も立ち上がる。

「考え方というか、問題意識かもしれません。日本という国を守るためになにをすべきか常に考えているような気がします」

「村中先生、ごぶさたしております」

村中に最敬礼した吉沢を見て、草波は固まった。どういうことだ？　旧知の仲だったのか？

草波が驚いた顔をすると、村中が口の端を歪めた。

「この業界は狭いからね。いろんなカンファレンスや研究会で顔を合わせるうちに仲良くなったんだ」

そんな話は聞いたことがない。さっきも、知り合いだとは一言も聞いていない。吉沢だって自分に電話してきた時に村中のことには触れなかった。自分が村中の教え子ということは知っていたはずだ。ふたりは知り合いであることを意図的に隠していた。なんのために？

「問題意識が近くて話が合ったんです。草波さんの問題意識も近いと思うんですけどね」

吉沢が意味ありげににやりと笑う。嫌な予感がした。頭の中で悪夢のパズルがかちりとはまった。

「ちょ、ちょっと待ってください。ふたりは元から知り合いで、それをあえて隠していた。それはつまり僕に知られると、困ることがあったから。その困ることとは、リアンクール・オペレーションの間だけ存在していた。終わったから、ばれてもかまわないことになったので、こうしてここで僕を交えて会っている。そういうことですよね」

草波が独り言のようにつぶやくと、村中と吉沢が妙な笑みを浮かべた。

「先生！　吉沢さん！　そういうことだったんですね！」

パズルを解いたが説明する言葉がうまく出てこない。いや、パズルを作ったのは、このふたりなのだから説明は不要なのだ。解いたことだけ伝えれば、それで事足りる。しかし、解いたことを伝えてよかったのだろうか？　こうやってふたりそろっているのだから、もともと自分に種明かしするつもりだったはず。なんのために？

そこで草波は口に出すべきじゃなかったと気づいたが、遅かった。パニックに陥りそうになるほどの衝撃が襲ってくる。村中が終始落ち着いていた理由も、戦況をひっくり返そうとしなかった理由もわかった。そこまで準備していたなら、自分が気づく可能性だって考えていたはずだし、その時どうするかも決めているのだろう。それはつまり口封じだ。血の気が引いた。

恩師を凝視する。村中はいつもと同じ笑顔だ。それが怖い。

「これからのことをお話ししたいと思ってね。今回のことは日本にとっていい教訓になったろう。僕は引退する身だが、君たちには将来がある」

その言葉で草波は理由を察し、安堵した。殺すのではなく、仲間にするつもりだったのだ。同時に、違うおそろしさと、緊張に襲われる。

「日本の未来は僕らが作るんですよ」

仲むつまじく談笑する村中と吉沢を見て草波は鳥肌が立った。自分で自分に言った言葉を思い出す。

――村中は、自分の恩師だ。自分がかつて書いたシナリオの先の先を考えていても不思議はない。

先の先どころではなかった。三手先いや、もしかしたらもっと先を読んでいた。自分もそのシナリオのコマだった。

「先生、ひとつ教えてください」

毒を食らわば皿までの気分で、はまっていないパズルのピースを尋ねる。

「なんだね？」

「僕の書いたシナリオをテロリストに渡したんじゃありませんか？　僕の論文がネットに掲載された時、問い合わせメールの担当は先生でした。先生が実行可能なまでにテロリストを指導したんじゃないんですか？　テロリストが失敗していたケースを会議に報告せず、ゼミ生に調べさせたのは人手不足ではなく、犯人の目的を最後まで隠すためでしょう」

村中が破顔する。ひどくうれしそうで、よく気がついてくれたと言いたげだ。やはりそうだったのか。

「そこまで気がついたのはすごい。では、僕はなんのためにそんなことをしたのだろう？」

まるで答え合わせだ。緊張がほぐれていき、草波は学生時代を思い出した。

「テロを実行させて日本への警告を行うためです。このままだと、日本は危険だ。大変なことになると思い知らせることが目的だったんではないですか。それにこの騒ぎが起きた後なら、一般大衆からサイバーテロ対策の理解を得やすくなる」

吉沢が口をすぼめて、ほくそえんだ。

「やっぱり草波さんは先生が見込んだだけあって知恵がありますね。よくそこまで思いつくなあ。僕はそういう若い人好きです。長生きできないと思いますけど」

「うん、でも、草波くんの答えでは、僕がそんなことをした理由がまだはっきりしない。もうちょっと突っ込んだ答えがありそうだ」

村中はいつも通り飄々とした口ぶりだが、どこかしら邪悪な空気を感じる。草波は、さらに頭を働かせる。

「サイバークーデター……今なら中国、ロシア、アメリカのサイバー兵器はあらかた無効化されています。テロリストが放出させた上に、その後各国から盗み出しましたからね。もしも、どこかの国が独自の強力なゼロデイ脆弱性を隠し持っていたら、それはまさしく最終兵器になりうる。どこの国も対抗できない。諸外国の干渉なしにクーデターを実行できます」

草波は自分の声が震えていることに気がついた。言い過ぎた。もし当たっていたら、ただでは済まない。このふたりは自分を殺すつもりなのかもしれない。

「各国のサイバー兵器を無効化するために、見せかけのサイバーテロを仕掛けたというのは斬新だ。やはり君は逸材だよ」

満面の笑みを見せるのは、村中にしては珍しい。正解だった。この人は、本当にそんなことまで考えていた。そのためにテロリストを育て上げて利用したのだ。

「僕をどうするつもりですか？」

「仲間になってもらう」

村中はさらりと口にした。断るはずはないという口調だ。

「本気ですか？」

声が震えているのがわかる。不安か畏れか、それともこれから起こることへの歓びか。いや、起こるのではない。起こすのだ。

村中はやはり村中だった。学校の教員で終わる人間ではなかった。温和でやさしいように見えて、未来を見通し、先手を打っていた。

サイバークーデターが可能な時代になり、自分の駒として利用できるサイバーテロリストやサイバー軍需企業が現れるのを、十年以上前からじっと待っていたのかもしれない。吉沢のような仲間と、自分のような部下も必要だっただろう。

韓国の原発資料がネットに流出し、アメリカで軍ネット複合体が台頭したのを見て、機は熟したと判断した。若い草波からすると、気の遠くなるような長い時間を、ひたすら村中は待ち続けた。

サイバークーデター……もし成功すれば世界で初めてだ。遅れを取っていたサイバー空間の覇権を奪取できる可能性も高い。心臓がどくんと脈打った。

リアンクール事件のことを知った時、日本の歴史が変わるかもしれないと思った。だが、本当に変わるのはこれからだ。

日本は変わる。変えなくてはならない。学生時代に抱いていた熱い思いが蘇る。民間企業に勤めていた間も、忘れることはなかった。やはりここにしか居場所はない。平和な日本を愛し、守る。それが自分の使命だ。

「まあ、座りたまえ。まだ時間はある。これからのことについて話し合おう」

「その前に、吉沢くんにはお礼を言っておこう。草波くんの論文についてのコメントの下書きを抹消してくれたのは本当に助かった」

「いえいえ、まさか。あんなに派手な情報漏洩事件があったなんてねえ。紺屋の白袴ですね」

「なんの話ですか？」

「君の論文の話さ。シナリオにはもっと広がりがあることを書くつもりだった。わざと各国にサイバー攻撃をさせるように仕向けて、ゼロデイ脆弱性を盗む。それを使って世界中からゼロデイ脆弱性とサイバー兵器を盗み出し、他者が持つサイバー兵器を無効化するというシナリオだ。でも、書いてから君に送るのは止めた。これは実行可能だと気がついたからね。まさか、そのメールの下書きが盗まれているとは思わなかった」

「盗まれた？」

「外部には伏せているが、うちの学校は一度ハッカーに侵入されたことがある。その時、僕のパソコンもやられたんだ。テロリストとのやりとりは匿名通信ツールを使っていたから傍受されても安全だったんだが、パソコンそのものからデータを盗まれたらお手上げだ。その時の侵入犯は無差別にデータを盗んでいったようなので、僕のログの意味には気づかなかったようで助かった。盗んだデータはそのままアンダーグラウンドマーケットで売られたが、たいしたものはなかったので値もつかず、買い手もつかなかった。ただひとり、マニアックなデータ蒐集家をのぞいては」

「データ蒐集家？　そういえば吉沢さんはハードディスクのデータを解析していると言ってましたね」

「盗まれた情報をアレクセイが買い取ってデータのコレクションに加えていました。それを僕が探し出して消したんですよ」

草波は呆然と吉沢を見る。

「先生、吉沢さん、あなたたちはいったい何者なんですか？」

「僕は一介の愛国者に過ぎません」

吉沢が壮絶な笑みを浮かべ、村中も微笑んだ。歴史に残る一日は終わり、長い夜が始まった。

謝　辞

本書の執筆に当たり、サイバーセキュリティ専門家の方に査読をお願いいたしました。この場を借りて御礼申し上げます。ありがとうございました。

海上自衛隊幹部学校未来戦研究グループ　三村守様
ソフトバンク・テクノロジー株式会社シニアセキュリティリサーチャ兼
シニアセキュリティエバンジェリスト　辻伸弘様
NTTコミュニケーションズ株式会社　西淳平様
デロイトトーマツサイバーセキュリティ先端研究所主任研究員　岩井博樹様
防衛大学校教授　中村康弘様

査読をお手伝いいただいた株式会社イード ScanNetSecurity 発行人、高橋潤哉様、ありがとうございました。

サイバーセキュリティの最新情報についてアドバイスいただいた江添佳代子様、ありがとうございました。

本書の改稿に当たってご尽力いただいた平野様、ありがとうございました。

執筆を支えてくださった佐倉さく様にもこの場を借りてお礼を申し上げたいと思います。

原書房の石毛力哉様には、企画から改稿までひとかたならぬお世話になりました。深く御礼申し上げます。

私にミステリの奥深さを教えてくれた母にもお礼を言いたいと思います。

最後に、本書を手に取ってくださったみなさまに御礼申し上げます。楽しんでいただければ、これにまさる喜びはありません。

用語について

本書はフィクションであり、登場する人物、企業、事件などは全て架空のものです。ただし、一部実在するものも含まれています。また、混乱を避けるため、実在のものか迷う可能性のある架空のものについては明記しました。

■実在するもの
●陸上自衛隊中央即応集団、特殊作戦群　エス
●国境なき記者団
●リアンクール　竹島　独島
●SCADA
●二〇一三年三月に発生した韓国へのサイバー攻撃
●Uber
●ビットコイン

●スタクスネット
●ガンマインターナショナル社、ハッキングチーム社、ブルーコートシステムズ
●サイバー軍需企業の内部資料がネットに公開された事件
●加湿器の殺菌剤の事件
●韓国原発で発生した一連の事故および賠償請求訴訟

■実在しないもの（*一部のものには、モデルが存在します）
●リアンクール共和国　リアンクール共和国軍
●第二古里原子力発電所
●ブラックゲーム社
●アノニミティ
●極日
●核燃料移送容器ドローン　移送容器ドローン
●気球ドローン
●マイクロ・オペレーション社
●インターネット安全安心協会
●ガーゴイル社
●マイクロ・オペレーション・エンタープライズアンドセキュリティモデル、セキュウィン

◉RADA
◉ソーシャルボム
◉ソーシャルネットワーク・バランシングシステム　スリープウォーカー
◉KurKer
◉アルファ社
◉ダウナーズ社

一田和樹（いちだ・かずき）

1958年東京生まれ。コンサルタント会社社長、プロバイダ常務取締役などを歴任後、日本初のサイバーセキュリティ情報サービスを開始。2006年に退任後、作家に。2010年に『檻の中の少女』で第3回ばらのまち福山ミステリー文学新人賞受賞。他著書に『サイバーテロ 漂流少女』『サイバーセキュリティ読本』『絶望トレジャー』『天才ハッカー安部響子と五分間の相棒』など。

公式ページ　http://www.ichida-kazuki.com/
一田和樹ツイッター　http://twitter.com/K_Ichida
一田和樹 bot ツイッター　http://twitter.com/ichi_twnovel
amazon 著者ページ　http://www.amazon.co.jp/一田和樹/e/B004VMHA1U/

原発《げんぱつ》サイバートラップ
リアンクール・ランデブー

●

2016年8月15日　第1刷

著者…………一田和樹《いちだかずき》

装幀…………bookwall
カバー写真…………
©SCIENCE PHOTO LIBRARY/amanaimages
Blend Images/アフロ

発行者…………成瀬雅人
発行所…………株式会社原書房

〒160-0022 東京都新宿区新宿 1-25-13
電話・代表 03（3354）0685
http://www.harashobo.co.jp
振替・00150-6-151594

印刷・製本…………シナノ印刷株式会社

ISBN978-4-562-05339-1, Printed in Japan